Amarillo.

Edición ampliada

Amarillo.

Edición ampliada

Gabriel

Círculo Rojo
EDITORIAL

Primera edición: noviembre 2025

Depósito legal: SE 2471-2025

ISBN: 979-13-7023-970-1

Impresión y encuadernación: Editorial Círculo Rojo

© Del texto: Gabriel
© Maquetación y diseño: Equipo de Editorial Círculo Rojo

Editorial Círculo Rojo
www.editorialcirculorojo.com
info@editorialcirculorojo.com

Impreso en España — Printed in Spain

To Hayley Williams

Gracias a todas las personas que luchan, aman y viven a pesar del miedo.

Gracias por leer, compartir y luchar.

1.

Cuando era pequeño, mi color favorito era el azul del cielo, lo utilizaba para pintar también caras, coches, edificios, todo se volvía azul y al final era el primer lápiz en acabarse. El amarillo no significaba demasiado por aquel entonces; sin embargo, la vida puede hacerte cambiar de perspectiva en pocos segundos.

Para ser sinceros, antes de aquel blanco invierno en el que salí de casa sin mirar atrás, yo ya vivía obsesionado con Chelsea Williams. Ella era diferente a todo el mundo, cantaba como un ángel y sabía siempre qué decir y cómo hacerlo. El único problema entonces era que ella ni tan siquiera me conocía. Chelsea era una *rockstar* internacional nacida en Misisipi y yo tan solo un enclenque adolescente del barrio de Carabanchel que llevaba un lustro loco por sus canciones. Los amores imposibles siempre habían sido mi especialidad: en el colegio me había enamorado sin remedio de una chica rubia de ojos azules que ya tenía novio, y previamente mi primer amor había sido la protagonista de un videojuego de rol japonés.

Sin embargo, aquel sentimiento era más fuerte esta vez y algo empezó a cambiar en aquel invierno que os mencionaba. Era el año 2023 y Chelsea comenzó a publicar mensajes crípticos en internet sobre un amor imposible más allá de las barreras del tiempo y el espacio. Podía tratarse de una estrategia de *marketing* para un nuevo álbum, como se decía en las redes, pero yo no podía entender cómo podía existir un amor imposible para alguien como ella, que debía monopolizar las miradas allá donde pasaba y sostenía el mundo con la punta del meñique.

Fue en aquel tiempo cuando escribí una canción para ella. Por supuesto, la escribí en inglés, aunque yo tampoco sabía mucho del idioma, pero en el fondo tenía la esperanza de que algún día esa canción llegase a oídos de Chelsea y ella me reconociese como su alma gemela.

El estribillo rezaba:

Hate me, please.
I wanna love you more and more right here.

Por supuesto, era una hipérbole, pero creía desde el centro de mi ser que era mejor morir o el odio a la invisibilidad absoluta a la que parecía destinado. Lo siguiente que ocurrió solo puede explicarse como un milagro o una broma del demonio: aquel mismo día, ella publicó un mensaje en letras blancas sobre fondo negro: *I wanna love you too*. Entonces, mi vida cambió para siempre.

2.

En momentos determinados he conseguido amar con una locura sin medida ni fin. Los mejores, sin duda. Me considero a mí mismo parte de esa minoría de personas que no solo son capaces aún de enloquecer por amor, sino que lo necesitan. Para ello, es necesaria la clase de amor que vuelve el cielo amarillo. Todo yo me convierto en un ser diferente y amarillo. No en un tono concreto, sino en el mismo color amarillo, de arriba abajo: amarillas manos, amarillas piernas y brazos, pupilas amarillas, sangre y mente amarillas; incluso el alma se vuelve amarilla y reluciente.

Un día, el cielo cambió de color; yo lo imité y fuimos por primera vez un flujo de locura amorosa incontrolable. De hecho, quizás se tratara de un amor tan imposible que no hubiese sido tal sin una pérdida de juicio anterior. Quizás estaba loco, pero reconocía nuestro amor en sus canciones, en sus post de Instagram e incluso en el tono de sus entrevistas, el cual cambiaba y se volvía más íntimo al referirse a mí veladamente.

El nuestro es un amor que me hace amar el resto de la esfera vital; un amor que se sublima y ya no solo incumbe al objeto amoroso, sino al resto del mundo. No solo amo a Chelsea Williams —aunque destruiría la Tierra por ella—, sino que, en cierto modo, amo a cada persona y piedra que se me cruza por la calle. Cuando soy amarillo, conecto con los árboles del Amazonas y las rocas prehistóricas fundidas dentro del núcleo terrestre; conecto hasta con los aviones que cruzan las estrellas y me recuerdan lo frágiles que somos ahí arriba, en el terreno de los pájaros.

Corría aquel frío invierno en que la nieve cubría los rincones y, a pesar de todo, salí a correr a un extenso pinar cercano a mi casa con el cielo nocturno casi en su plenitud. Atardecía y, tras la silueta de los pinos, se degradaba el naranja del sol. El resto del cielo se presentaba ante mí de un color dorado imposible y, a pesar de la nocturnidad, una mezcolanza imposible que nunca había visto antes. Los pinos, altos y fuertes, se fundían con las estrellas como runas de un pergamino. Recuerdo que estuve corriendo un buen rato porque necesitaba despejarme. Aún no creía del todo que Chelsea me amara a pesar de aquel críptico *I wanna love you too*, sino que era solo un prehistórico deseo en el fondo de mi subconsciente. Al llegar a casa, encendí la radio y sonaba una de sus canciones: *Stay the Night*.

Aquella misma noche, intenté dormir durante horas, pero las canciones de Chelsea parecían hablarme de un modo diferente y personal. El techo se me caía encima de la cabeza. Al fin, salí de la habitación, bajé las escaleras hasta la planta baja y abrí la puerta de la casa muy suavemente para salir a la calle sin que se dieran cuenta mis padres. Aún pensaba que podía llevar a cabo algún plan sin que nadie se diese cuenta. Después, me dejé llevar por la intuición y caminé hasta el mismo pinar para tumbarme a ver el firmamento. Sentí que tenía cinco o seis años y estaba loco. Por mi boca salía vaho como si fuese un tren de vapor. Tuve entonces una corazonada demasiado intensa para no formar parte de algo superior. El mundo entero se encontraba pegado a mis sienes en aquella noche.

Aquella corazonada explicaba todo. Al ver las estrellas, tuve la sensación de que mi mente era un vaso de agua que se derramaba siempre y llegaba a todos los rincones y mentes del mundo a todas horas. No era algo tan extraño, solo diferente. Algunos tenían los ojos azules y yo poseía una mente desbordante. Todos mis pensamientos, incluso, a veces, mis sentidos: lo que mis ojos veían y lo que mis oídos escuchaban y lo que mis manos tocaban podía ser percibido por cualquiera que se detuviese a escuchar con la suficiente atención e interés. Sin poder evitarlo, tuve aquella certeza y hubiese sido insoportable aquella falta de privacidad constante si no hubiese sido la causa también de nuestro amor. Por eso, los mensajes velados de Chelsea; por eso, el sinsentido; por eso, aquella noche bajo las estrellas; por eso, *Stay the Night*; por eso, aquella locura de amor por la vida y, por eso, el color amarillo por todas partes. Volví a casa con aquella idea en la mente, pero no podía creerlo. Era imposible, había demasiados cabos sueltos y preguntas sin respuesta. ¿Por qué nadie me había nunca dicho nada sobre ello? ¿Cómo no había notado nada antes? Sin embargo, aquella era una importante pieza del puzle que explicaba mi vida, mi aislamiento, mi extrañeza ante el mundo. Cuando entré por la puerta de casa de nuevo, aquel sentimiento de que mi mente se desbordaba había desaparecido casi por completo, pero sé que esa noche una semilla diminuta, casi imperceptible, quizás muy antigua, brotó dentro de mí. Y ya nunca se detendría.

3.

La casa de mis padres era un adosado de dos plantas a las afueras del barrio de Carabanchel Alto. Por fuera, el ladrillo rojo parecía desgastado y sucio y, por dentro, la casa ofrecía también una sensación decadente a causa de las paredes de gotelé, tras años sin recibir una buena mano de pintura fresca. Era una construcción antigua, contigua a un chalet nuevo y reluciente que la hacía parecer aún más decadente. Mi madre la había heredado de sus padres y allí habíamos vivido mis padres y yo desde que mis abuelos murieron. El suelo de parqué era caliente en invierno, sobre todo en las zonas donde pasaban las tuberías de la calefacción. De pequeño, a mí me gustaba tumbarme justo en uno de esos lugares, en concreto, en el punto exacto entre un radiador y el cristal de la puerta de la terraza de la planta de arriba; para poder mirar por ella y ver el cielo y a la gente pasar más allá de la baranda.

La mía es una historia singular. Yo nací con un don: mi mente puede alcanzar todas las mentes del mundo, y algunas personas pueden incluso ver y oír a través de mí. A pesar de todo, mi familia parecía normal, también íbamos los domingos al centro comercial, jugábamos al fútbol en las pistas de cemento del barrio o paseábamos por el Retiro los sábados. Incluso de vez en cuando íbamos a misa y fui bautizado con el nombre de Gabriel.

La cuestión es que, como la falta de intimidad aleja la confidencia, yo acabé convirtiéndome en un niño solitario que solo buscaba agradar, pero que no llegaba a conseguirlo, aunque tampoco quiero quejarme en exceso; supongo que existen historias peores y más cortas además.

De todos modos, las betas profundas de la soledad continúan hoy en mi alma siempre abiertas y en riesgo de infección como un hilo finísimo alrededor de mi cuerpo, una especie de tela de araña que me envuelve y puede llegar a paralizarme en ciertos momentos y convertirme en presa fácil para cualquier depredador. Quizás hoy resulte irrelevante, pero basta decir que, durante muchos años, me sentí culpable y creo necesario contaros esto antes de empezar mi viaje para que podáis entender mis actos y la dificultad que suponía para mí dejar atrás todo aquel espacio de seguridad.

4.

Después de aquella noche en el pinar, desperté desubicado, pero en mi cuarto de siempre y con la sensación de que todo había sido un sueño. Quizá lo fuera. Me estiré, di varias vueltas en la cama caliente, observé el póster de Pink Floyd colgado en mi pared unos segundos: *La cara oculta de la luna*. Fui al baño y desenrosqué la tapa de mi bote de pastillas. Las tomaba desde los ocho años para controlar mi ansiedad, aunque yo siempre me recordaba como un niño tranquilo; raro, pero tranquilo. En realidad, apenas tengo recuerdos de mi niñez.

Dudé por unos segundos y, finalmente, sin saber bien por qué motivo, en lugar de tomarme las pastillas, las tiré por el desagüe. Muchas veces en la vida he actuado sin saber bien por qué, como imbuido por un instinto superior a mis fuerzas; por eso tengo la creencia de que debe existir algo más allá que une todas las cosas que generan sinergias incomprensibles para los humanos.

Bajé a la planta baja; la escalera de madera crujía al caminar sobre ella en un sonido familiar e incluso agradable por la costumbre. Entré en la cocina alicatada con un azulejo blanco, nuclear, para sentarme a tomar el desayuno con mis padres. Por un momento me sentí incómodo. Sin embargo, aquella fue la primera vez conseguí articular el pensamiento: «Están actuando». A veces, nuestra mente es como un espejo empañado y solo las palabras consiguen aclararlo. Si no hacemos ese esfuerzo por racionalizar y poner palabras, caminamos como autómatas controlados por sensaciones y sentimientos que no conocemos.

—¿Qué tal te encuentras? —preguntó mi madre.

—Sí. ¿Cómo has pasado la noche? —le respaldó mi padre.

Eran expresiones habituales en cualquier familia feliz como supuestamente lo era la nuestra. Sin embargo, aquella vez sonaron más forzadas, con un leve tono de duda sobre sí mismas: una duda sobre la propia pregunta.

—Bien, normal. ¿Vosotros? —contesté algo inquieto, mientras me servía un tazón de leche con cacao y cereales.

—Pues yo no he dormido muy bien. Hoy tengo que presentar el proyecto sobre la nueva web y me tiene algo preocupado. Espero que vaya todo bien —contestó mi padre, que trabajaba en una empresa de informática.

Después, desayunamos prácticamente en silencio. Era un acto rutinario. A veces, poníamos las noticias y comentábamos las guerras, los sucesos o el tiempo que iba a hacer, pero nada que no fuera superficial y, hasta cierto punto, anodino. Recogimos el desayuno, mi madre fregó los vasos y las cucharas y, acto seguido, se fueron. El cielo era gris y las casas apenas se veían por la niebla:

—Qué día más triste, deberíamos irnos a vivir a otro barrio más alegre. Los cambios son buenos siempre —dijo mi madre antes de cerrar la puerta principal.

Nos despedimos y me quedé un rato más en el salón antes de ir a la universidad.

5.

Durante algunos días, intenté borrar de mi mente aquella noche en el pinar y continuar mi vida como si nada hubiera ocurrido. Además, estaban a punto de comenzar los exámenes finales del cuatrimestre, así que no era buen momento para pensar en nada que no fueran ecuaciones, matrices y operaciones matemáticas.

Por tanto, intenté prestar atención a las últimas explicaciones de los profesores y simulacros de examen. Sin embargo, aquella sensación de que mi mente se desbordaba daba como resultado una presión cada vez mayor al compartir aula con otras casi sesenta personas durante horas, y empezó a ser insostenible, acostumbrado como estaba a sentir mis pensamientos como algo privado.

A pesar de todo, el ambiente era muy normal. La gente de mi grupo seguía con sus bromas sobre los profes y la vida y todo parecía tan agradable como siempre. Solo Laura pareció cambiar un poco su actitud hacia mí.

Laura era una chica delgadita y rubia por la que yo había estado colado hasta aquel momento. Siempre me había sentido inferior a ella; tanto intelectual como físicamente. En realidad, yo era un chico agradable, delgado y de rasgos rectos y firmes, pero nunca lo suficiente. Ella era para mí una cima inalcanzable intelectual y física; como me ocurría con todas las chicas que me habían gustado en algún momento de mi vida. Sus facciones dulces y su mirada siempre cariñosa la otorgaban cierta familiaridad que me hacía sentir confortable.

Y a pesar de toda mi timidez, durante una fiesta habíamos estado a punto de besarnos. Uno de los compañeros del grupo de la facultad ofreció su casa aquella vez para celebrar el fin de exámenes y estuvimos allí toda la noche. Era una casa grande en un barrio céntrico; pensé que el chico debía de venir de buena familia porque todas las estanterías rebosaban de fotos de momentos felices. Yo no había notado ninguna señal ni nada parecido de Laura hacia mí; seguramente, porque soy muy malo para todo lo que tiene que ver con la vida social de una persona. Pero coincidimos en la cocina para servirnos una copa de ron con cola y empezamos a hablar.

Yo le conté que creía que todo estaba conectado, que los sentimientos tejían redes físicas, no a través de la relatividad de clase, sino a través de las neuronas del corazón; de un modo más profundo, como si todo no fuese sino la misma cosa, quizá, se podría decir, a través del alma. Siempre he pensado que existen misterios más allá de la mente humana que ni siquiera la física podrá desentrañar nunca. Ella estuvo escuchándome, lo recuerdo porque era la primera vez que me sentía escuchado por una chica que me gustase. «Yo solo creo en lo que veo con mis ojos», dijo luego. «Si no estuviéramos en una casa llena de gente extraña, te besaría», añadió luego, en un susurro. Pensé que quizás habíamos bebido demasiado, pero no conseguí moverme para intentar besarla.

6.

El fin de semana anterior a los exámenes, Laura me escribió para preguntarme algunas dudas de álgebra que no supe contestar. Con el paso de los días, había dejado de concentrarme bien por culpa de aquel pensamiento sobre mi mente que lo inundaba todo. Contesté a aquella duda de la mejor forma que pude. Después, ella envió un mensaje extraño, casi críptico diría.

Te noto raro últimamente, Gabriel... A veces las cosas no salen como queremos, pero tenemos que ser fuertes. Mucho ánimo para la semana de exámenes, pronto estaremos celebrando y de fiesta por ahí.

No encajo bien los cumplidos ni las muestras de cariño, así que contesté con un emoticono cariñoso que, quizá, no revelaba el agradecimiento real que yo sentía.

El día anterior al inicio de los exámenes, mi madre me asaltó también la tarde de domingo para hablar conmigo. Decía que me veía distante, y probablemente tenía razón. Estaba triste y aún no sabía exactamente por qué, pero lo estaba.

—Cuéntame qué te preocupa —me pidió.

Menuda pregunta, ni yo mismo lo sabía en aquel momento. Se quedó mirándome con la misma cara que ponía cuando se concentraba para leer un libro como queriendo leer también algo en mi rostro, pero yo reprimí cualquier gesto. Mi madre se llama Maribel, es bajita, con el pelo teñido y rubio y gafas finas y doradas. Es una mujer que hizo de su vida una actuación y seguramente arderá en el infierno por ello igual que mi padre. Sin embargo, en aquel momento, no lo sabía y no quería preocuparla sin estar seguro de que aquella especie de bola de nieve gigante cada vez más grande en mi mente era real. No le hablé de mi escapada nocturna, ni tampoco de que empezaba a pensar que mi mente se desbordaba y alcanzaba otras mentes, ni siquiera que apenas estaba consiguiendo estudiar por culpa de todo ello.

—Estoy estresado por los exámenes, solo eso —mentí, y volví a mi habitación a intentar concentrarme.

Cerré la puerta del cuarto y, acto seguido, mi móvil comenzó a reproducir una canción: *The Cave*, del grupo Mumford and Sons. Hablaba de salir de una cueva a pesar del dolor; de agarrarse a ese dolor y hacerse fuerte en él. Molesto, agarré el móvil y apagué el reproductor.

7.

A la mañana siguiente, acudí a la facultad para hacer el primer examen final del cuatrimestre. Recuerdo aquellos pupitres verdes relucientes, aquel sentimiento ansioso de huida y el aula magna llena de estudiantes nerviosos. El examen fue un desastre absoluto. Entré y salí de la facultad sin saludar ni despedirme de nadie.

Al llegar a mi habitación, solo pude relajarme leyendo un rato mi libro favorito. Me dirigí a la estantería y agarré la cubierta dura y rosa correspondiente a *Poeta en Nueva York* para distraerme y empezar a creer de nuevo en el ser humano.

Después, comí con mis padres, que, casualmente, aquel día libraban por la tarde, pero apenas dije una palabra durante la comida. Había una sensación en el aire, algo que gritaba en silencio por una huida.

Por la tarde, escribí a Pedro para quedar, necesitaba salir de allí. Pedro era un chico alto y desgarbado de pelo rizado y gafas de pasta, mi mejor amigo desde el colegio. Estudiaba una ingeniería y siempre decía que «los poderes invisibles nos ocultaban la tecnología existente para mantenernos bajo control», apelando así a la revolución comunista o anarquista en función del tiempo meteorológico.

Yo me encontraba como una abeja que ha perdido conexión con su colmena; solo en la inmensidad de un campo donde la hierba crece cada vez más deprisa. Necesitaba contarle lo que pensaba a alguien o me explotaría el cerebro. Recorrí un par de manzanas hasta un bar algo decadente del barrio donde Pedro y yo habíamos convenido encontrarnos.

Como decía, Pedro era del grupo de amigos del colegio y solíamos quedar a tomar cervezas los fines de semana. No es que fuéramos realmente íntimos, porque yo siempre había estado más fuera que dentro del grupo y, como dije, para mí siempre había resultado muy difícil entablar relaciones. Por eso, siempre me sentí desubicado, hasta ese momento en el que todo empezaba a cobrar sentido: es muy complicado mantener amistades mientras tus pensamientos no son privados. Aquello explicaba toda mi vida. La falta de intimidad resultaba ser el germen del alejamiento. A Pedro, sin embargo, parecía no importarle contarme todo tipo de secretos y chismes escabrosos del barrio. Imagino que sentía por mí una mezcla de simpatía y pena. A pesar de todo, solía hablar poco sobre sí mismo, como estableciendo una frontera invisible de seguridad.

Entré en el bar; al fondo, un señor jugaba en una máquina tragaperras y, en el otro lado de la barra, un par de ancianos miraban con atención un partido de primera división, Cádiz-Valladolid, que seguramente no importase a nadie más en cien kilómetros a la redonda. Pedro se encontraba ya allí, en una mesa en la esquina del local. Parecía distraído, pero movía las piernas con rapidez. Saludé a la camarera y me senté en la mesa.

Primero, estuvimos hablando un rato sobre asuntos irrelevantes. Pedro hablaba como una locomotora, siempre era así, pero aquel día era especialmente evidente. De hecho, con el paso de los minutos, su frente empezó a brillar y por un momento dejé de escuchar mirando las gotas de sudor que brotaban de su frente. Él paró de hablar y preguntó:

—¿Estás bien? Todavía no me has comentado nada de eso que me tenías que contar. Sabes que si necesitas cualquier cosa aquí me tienes.

—No estoy mal, pero estoy teniendo unos días raros. Solo estoy confundido, nada más. Son los exámenes, me están volviendo loco —mentí.

—Tú siempre en tu mundo —dijo, y suspiró—. Nunca te enteras de nada, Gabi. En fin, ya sabes —continuó—… cualquier cosa.

Se formó un silencio largo y extraño sin llegar a ser incómodo. Al fin y al cabo, nos conocíamos desde los tres años. No sé por qué no le conté aquello que realmente me atormentaba. Una especie de instinto me decía que no se podía hablar de ello.

—¿Cómo montarías una revolución? —pregunté entonces.

Pedro se frotó los brazos, llenos de tatuajes tétricos.

—Eso necesita tiempo.

Después, seguimos hablando de la universidad y de amigos del barrio que hacía tiempo que no veíamos. Él me ofreció quedarme en su casa por si necesitaba perder de vista a mis padres y yo le tomé la palabra. Era una observación extraña, pero no del todo fuera de lugar. En realidad, hubiese sido una conversación normal si no se hubiese dado aquel pequeño silencio previo. Un momento breve pero excepcional.

Pasaron algunos días más en los que mi sentimiento de extrañamiento respecto al mundo se incrementó. Me estaba adentrando en un bosque oscuro donde los árboles tapaban el sol y la única guía eran pequeñas luciérnagas en forma de señales en mi móvil, los post de Chelsea y personas extrañas en las que debía confiar sin ningún medio de prueba. Sí, en efecto, me di cuenta de que algunas personas seguramente realizaban signos como toser una o varias veces para afirmar o negar algo o tocaban el claxon de su coche cuando yo pasaba cerca o movían el pie en el metro al ritmo de mi música para comunicarse conmigo sin poder ser señalados por los poderes invisibles. Todo ello empezaba a materializarse como verdades evidentes hasta entonces inalcanzables para mí.

Los exámenes también fueron a peor y, finalmente, me atreví a reconocer mi problema y buscar en Google información sobre desbordamientos de la mente. No había demasiados resultados más allá de foros donde algunas personas decían escuchar voces o tener alucinaciones. Sí encontré de forma colateral información cuantiosa sobre una posible dictadura global. Hablaban del foro de Davos y cosas del estilo, pero, aunque continué indagando, no encontré nada concreto sobre mentes desbordantes. También realicé búsquedas en Twitter, Instagram y Facebook, pero solo aparecían vídeos de humor o información sobre otras dictaduras como Corea del Norte. Sí percibí cierto hastío en la sociedad: noticias constantes sobre el poder de las redes sociales y sus algoritmos parciales, sobre el *big data* y la alienación del ser humano; planes de implantación de documentos de identidad electrónicos en los cuerpos como método de seguridad; proyectos con el objetivo de lograr traducir los impulsos eléctricos del cerebro en palabras; el aumento constante de la tasa de suicidios.

Aquello me hizo ver parte de las fuerzas monstruosas que mueven el mundo de forma malévola e invisible. Pensé que estábamos encerrados en una prisión invisible llena de injusticias, hambre y muerte evitable y lo único que se me ocurrió, irónicamente, fue publicar un mensaje en redes. Era la letra de una de mis canciones:

Este mundo está lleno de envidia y codicia,
de gente con hambre, mejores que yo.

Pulsé el botón de enviar, pero fue imposible subirlo a la red. La aplicación se cerraba como si fuera un simple error, pero pensé que debía estar programada para ocultar aquel tipo de consignas.

Fue en ese instante cuando recibí un mensaje de Pedro. Era una canción: *Uprising* del grupo británico Muse. «Menudo temazo, te va a encantar». No conocía aquel grupo, pero conecté con su música desde el primer momento. Después, estuve escuchando canciones durante horas y allí sí encontré mensajes de todo tipo: canciones que hablaban, por ejemplo, de máquinas de la simulación, sobre el proyecto MK Ultra llevado a cabo por los

Estados Unidos en los años 60 para hacer sucumbir las mentes humanas o sobre el horror de la dictadura. El arte era lo único que parecía escapar de ese régimen que solo ahora empezaba a vislumbrar. Parecía incluso una forma del propio régimen para ahuyentar las sospechas. «Es solo ciencia ficción», dice la gente y es, en realidad, un grito de auxilio.

Antes de dormir, escuché *All I Wanted*, una de mis canciones favoritas de Chelsea, pensé que posiblemente se refería a mí y pensé que, al menos, si llegábamos a encontrarnos, este mundo esclavo tendría algún sentido.

8.

El segundo examen fue terrible. De nuevo, aquellas mesas verdes vacías esperando a los alumnos, y esta vez sabía que no tenía ninguna posibilidad, que aquello era como un matadero al que acudir, pero aún peor porque las ovejas no saben que van a matarlas y yo estaba seguro de mi derrota. Sentía que el profesor no paraba de mirarme y decidí salir de allí con la hoja en blanco tras pocos minutos. De hecho, nunca me presentaría a más exámenes. Ese sería el último de toda mi vida.

Al llegar a casa, agarré mi guitarra y empecé a componer una canción sobre la decadencia social y cómo yo era la principal prueba de ello. La titulé: *La prueba del monstruo.*

La música siempre ha sido mi gran pasión. De pequeño no me atrevía a cantar, pero con los años había conseguido hacerlo, primero a escondidas, y más tarde en micros abiertos de la ciudad. Era una especie de sueño inconfesable el subirme a un escenario algún día y dar un concierto con mis propias canciones.

Durante la semana de exámenes a los que no asistí, compuse varias canciones e intenté por todos los medios no volverme loco por completo recordando aquel silencio en la conversación con Pedro o aquella noche en el pinar o la mirada inquisidora del profesor. Empecé a elaborar un plan. Quería alejarme del mundo de mentiras que era mi casa, así que me refugiaría en casa de Pedro y encontraría un trabajo o tocaría en la calle para conseguir el dinero necesario para ir a Nueva York, epicentro del sistema y ciudad en la que vivía Chelsea. Pensé que sería difícil encontrar trabajo para alguien como yo. Estaba dispuesto a trabajar de cualquier cosa, pero era posible que el trabajo cara al público o en equipo estuviese vetado para una persona con mis características, con la que no se podía establecer auténtica confidencialidad. Sería incómodo conocer lo que piensa el camarero o tu compañero de trabajo sin filtro alguno. Nuestra sociedad se basa en la apariencia y la mentira. Por eso, pensé, solo podría trabajar en algún tipo de actividad solitaria como conductor de trenes o chico de la limpieza.

Y, a pesar de todo, hasta entonces, mi vida había sido bastante normal. Los niños son capaces de normalizar cualquier situación y, en mi caso, mi cerebro había aprendido a engañarse y a olvidar todo aquello que hiciera daño. Por lo que respectaba al mundo exterior, yo había sido el típico niño que soñaba con ser futbolista y jugar en el Santiago Bernabéu, solo que era tan retraído y correcto que no me atrevía a reconocerlo nunca. Solía jugar al fútbol con mi padre en una cancha cerca de casa, una cancha de asfalto que te pelaba las rodillas con cada resbalón. Aquel recuerdo en apariencia feliz se volvió recurrente y no podía evitar sentir un pozo oscuro de tristeza como petróleo en el estómago y llorar pensando que ahora todo era incierto y triste y que la relación con mis padres escondía un fondo oscuro que tarde o temprano debía averiguar.

Mi padre se llama Eusebio. Es un hombre fuerte, de pelo rizado, con grandes entradas y gafas con monturas al aire que solía decir que la mayor verdad es que todo es mentira y que el tiempo pone a cada uno en su sitio. Sin embargo, esto último lo decía como un mantra que quería creer, pero no conseguía hacerlo del todo, con un velo casi imperceptible en sus dientes. Durante los cursos de la secundaria, yo pasaba horas llorando a solas en mi habitación hecho un ovillo en la cama, y nadie había venido a ayudarme. Nadie tenía por qué saberlo, pero si era real aquello de que mi mente se desbordaba, entonces estaba claro que no eran necesarias las palabras para que él hubiera entrado en la habitación a consolarme o decirme unas palabras de ánimo.

En el fondo, siempre me había sentido víctima de una ajenidad extraña, como un ente aislado en mitad del océano de piernas y brazos que iban y venían a todas partes. Por eso, actuaba de formas extrañas, como no hablar durante horas o no defenderme de los ataques del resto de niños en el patio en la escuela infantil. Recuerdo especialmente uno de aquellos chavales que se llamaba Rodrigo. Yo odiaba a Rodrigo porque cuando me acercaba a los corrillos del patio era el primero en callar al resto:

—Shhh… Que viene Gabriel —decía, y el círculo se dispersaba.

Cuando se lo conté a mi madre, me miró con cara de pena y me dijo:

—Tienes que ser fuerte, hijo. Aunque los demás no te ayuden, aquí estaremos nosotros siempre para levantarte si te caes.

Sus palabras no consiguieron consolarme. Al contrario, siempre me culpé por no estar nunca del todo integrado en ninguna de las diferentes pandillas del curso. Yo era tan solo un bicho raro.

Solo me llevaba bien con Pedro, y todos se burlaban de él menos yo. Éramos dos supervivientes entre el *bullying* típico en cualquier colegio que, con los años, nos unimos con otros tres o cuatro amigos para formar nuestro propio grupo de frikis.

9.

Durante aquel encierro de la semana de exámenes no paré de escuchar música, había cientos de señales a lo largo de los años que siempre había pasado por alto. Comencé a darme cuenta de que, en el fondo, yo era una cobaya en un circuito cerrado. Un circuito cerrado más o menos grande, pero siempre limitado por su propia forma y estructura, como todas las vidas del mundo. Hay verdades a las que nunca tenemos acceso. Al igual que una cobaya, un humano también puede vivir sin saber que es dominado y se encuentra a la sombra de un poder invisible. De hecho, estoy convencido de que esta dominación sorda es la más eficaz y duradera.

Todo ello se conformaba como una nebulosa a mi alrededor, un ambiente ansioso que nunca se traducía en palabras y que solo llegaba en forma de miradas y silencios.

De pequeño, había sido diagnosticado con ansiedad y ahora empezaba a percatarme de que aquellas pastillas solo querían mantenerme lejos de lo real; como un soma que alejase los problemas y la revolución haciéndome mucho más calmado aún de lo que ya era. Siempre había pensado que aquello me ayudaba a sobrellevar el aislamiento, pero en realidad eran la marca definitiva de la dominación.

Hasta aquella primera noche entre árboles, todo lo que había intentado era, simplemente, ser buena persona. No sabía que toda mi realidad era una creación ficticia a punto de derrumbarse.

Todo estaba en nuestra contra, pero finalmente decidí que dejaría la casa familiar con mi guitarra y volaría a Estados Unidos. No había otra opción posible dadas las circunstancias. Chelsea debía estar esperándome allí.

10.

Las últimas dos semanas en mi antigua casa fueron una locura. Cada vez más, el modo aleatorio de mi servicio de *streaming* musical parecía controlado por un ser consciente y no por el mero azar matemático. Repetía canciones una y otra vez o activaba aquellas en las que acababa de pensar sin que yo hiciera nada.

Mientras, los exámenes terminaron como termina todo en la vida, incluso las cosas malas y la vida misma, y Laura y el resto del grupo decidieron salir de fiesta para celebrarlo. El plan era, a pesar del frío, beber alcohol en la calle para después refugiarnos en una discoteca de moda del centro de Madrid. Era un plan que me hubiera encantado meses atrás, y más aún incluyendo a Laura, pero que, con todo lo que se me venía encima, me resultaba superfluo e innecesario.

A pesar de todo, acudí a la cita con el resto del grupo. En el último instante, decidí que sería un buen momento para tomar la iniciativa y, al fin, exteriorizar las dudas acerca de mi mente desbordante. Una vez todos hubiésemos bebido lo suficiente, encontraría el momento adecuado para contarle todo a Laura y así podría ver su reacción en directo, sin redes ni mensajes de por medio que podían ser vigilados e, incluso, modificados. Había dejado ya de fiarme del mundo en general y de los gobiernos y el sistema en particular. Creo que la gente es mejor a nivel individual que como ente colectivo en la mayoría de ocasiones. Por eso, los gobiernos son corruptos y se puede mantener una dictadura oculta bajo la apariencia de un poder democrático. Pronto descubriría todo aquel sistema corrupto, pero, en aquel momento, todo era una especie de nebulosa en mi mente, una niebla molesta que me cegaba y que no quería ver, pero que allí estaba. Como cuando uno está enfermo pero retrasa la visita al doctor por miedo a los resultados de las pruebas médicas.

Me presenté allí a la hora acordada con mi botella de ron y pronto llegó el resto del grupo dispuesto a emborracharse todo lo posible antes de entrar a bailar al ritmo de reguetón y música electrónica. Por unas horas, todo pareció volver a la normalidad. Yo bebí varios *ron-cola* y charlé sobre exámenes que ya había suspendido, sobre los profesores y sobre algunos de los alumnos más odiados del curso. También sobre música y el último partido del Real Madrid que había ganado frente al Barça en el Camp Nou.

Solo por un momento, noté cómo uno de los chicos del grupo me miraba de reojo en un corrillo cercano y pensé que todo aquello era un teatro muy bien elaborado para hacerme pensar que toda mi vida era normal.

Después, pedimos unos cuantos taxis que nos llevaron hasta las puertas de aquella discoteca del centro. En uno de aquellos vehículos, un compañero vomitó y tuvo que volver a su casa, pero no importó porque todos habíamos bebido demasiado a esas alturas.

Bajamos unas escaleras hasta un sótano y dejamos los abrigos, todos apilados, en un pequeño sofá. La discoteca elegida se encontraba decorada como si de un barco pirata se tratase y tenía una bandera pirata también colgada tras la barra; los camareros estaban disfrazados y todo era de madera. Además, cada cierto tiempo, alguno de aquellos camareros tocaba una especie de campana para celebrar que se regalaba un chupito.

A mí no se me da demasiado bien bailar. Siempre he sido tímido para hacerlo delante de la gente, pero, envalentonado por la bebida, me acerqué a Laura y empezamos a mover nuestros cuerpos al ritmo de la música del DJ de aquella discoteca de la que hasta entonces yo ni siquiera había oído hablar, pero que estaba tan llena que no se podía caminar. Así que, con una copa en la mano y a una distancia prudencial que no sugería una intimidad especial entre nosotros, bailamos varias canciones. La noche discurría, uno de los compañeros se fue al baño y desapareció para siempre allí y otros se fueron con sus ligues a rincones más apartados de la discoteca y, mientras, Laura cada vez parecía menos dispuesta a mantener la distancia entre nosotros.

Sin darme cuenta, al poco tiempo, solo quedaban retales del grupo y Laura y yo bailábamos muy pegados. Casi tanto que podía sentir su respiración cuando se inclinó para hablarme al oído y susurrarme: «Si no estuviéramos en una discoteca llena de gente, te besaría».

Entonces, sonó aquella campana de barco y todo el mundo empezó a gritar y celebrar su chupito gratis, y todos los compañeros de clase volvieron al semicírculo al lado de los abrigos.

Después de aquella noche, nunca volví a ver a Laura.

11.

Al día siguiente, aquellas palabras de Laura al oído parecían tan irreales como una enajenación provocada por la bebida. Allí seguía mi vieja cama y mis estanterías llenas de libros, a su vez llenos de polvo. Al despertar, le envié un mensaje por teléfono que nunca contestó y empecé a pensar que quizá fuese peligroso para el resto del mundo tomar partido en esta guerra contra el sistema.

Por eso, en vez de enloquecer por completo y gritarlo por la ventana o publicarlo en las redes, permanecí toda la mañana en mi cuarto, callado, pensando en mi plan de huida.

Por la tarde me despejé, fui hasta la casa de Pedro y toqué el timbre. Su casa era un tercero en una urbanización con piscina muy nueva que, seguramente por sus paredes limpias, era mucho más agradable y luminosa que la mía. Sus padres me recibieron con un fuerte abrazo y me ofrecieron una cerveza y aquella habitación vacía de nuevo. Siempre había sentido su cariño, pero aquella vez los encontré especialmente amables.

Cuando nos quedamos solos, de forma aparentemente anodina, le comenté a Pedro que había visto una película sobre un hombre al que le leían la mente.

—¿Cómo crees que sería poder leer mentes? —le pregunté, para que no fuese tan evidente mi preocupación.

—Pues no sé —contestó—, quizá sería diferente en función de la sensibilidad de la persona, la distancia o la relación entre ellas. Algunas personas quizá podrían enviar sonidos, voces y otras imágenes u olores… La mente tiene demasiados misterios, nunca se sabrá —terminó.

Entonces, no pude evitar confesárselo directamente:

—Tío, pues yo últimamente creo que mi mente se desborda y llega a otras mentes. En plan película, ¿sabes? Que todo el mundo sabe lo que pienso, vamos.

Pedro enmudeció y dejó de gesticular con su cara por un instante, como si de un robot se tratara.

—Eso es completamente imposible, Gabi.

12.

Aquel cambio repentino en Pedro me hizo convencerme aún más del control al que estábamos sometidos. Toda mi vida había sido una mentira y seguiría siéndolo si no hacía algo para arreglarlo.

Pasé algunos días más planeando cómo viajar a los Estados Unidos. Estaba convencido de la existencia de un poder oculto y censor e intenté explicarles a mis padres lo que sentía. Ellos, por supuesto, negaron todo con rotundidad creciente.

Quizá ellos tan solo habían intentado que yo fuera feliz en la ignorancia o, simplemente, mi mente únicamente llegaba a algunas personas. Al final, llegué a la conclusión de que era imposible que ellos no conociesen la verdad; si el sistema había establecido aquella censura era porque mi mente desbordante debía haber sido en su momento un evento sin parangón a nivel histórico. Un día, muchísimas personas debían haber comenzado a ver, oír o sentir lo que ocurría en la cabeza de otro ser humano, y la única forma de eliminar portadas, libros y la difusión de la realidad debía haber sido la censura y el terror: la dictadura. O, quizá, era uno de esos misterios a los que el mundo da la espalda y apenas son mencionados tras algún tiempo. No podía saberlo. Solo podía deducir qué ocurría basándome en las reacciones de las personas que me rodeaban.

Me sentí una carga y me enfurecía que ellos formasen parte de aquel engranaje de mentiras porque eran, en realidad, las personas que más había querido hasta entonces.

—Tengo que irme de aquí. Necesito encontrar quién soy —les dije, en mitad de la cena, en aquella cocina de azulejo blanco.

No contestaron. Se quedaron perplejos, sin nada que decir, como si aquello no entrase en su guion.

Mi vida era un *show* y ya solo podía huir cuanto antes, así que tomé la decisión de marcharme y, de paso, abandonar las pastillas de forma definitiva. Yo siempre perseguí la verdad por encima de cualquier cosa. No podía permitir ni soportar aquella situación.

Me hubiese ido una mañana cualquiera; pensé en hacerlo, irme de allí únicamente con algo de ropa, mis libros y mi guitarra. Me largaría y conseguiría el dinero necesario tocando en la calle mis canciones. Sin embargo, mis padres parecían turnarse para no dejarme nunca solo en la casa y no quería entrar en un conflicto directo ni tener que mentirles. Solo quería empezar a caminar y no parar nunca. Con el paso de los días, empecé a ver la dictadura en las miradas de los extraños y los silencios de familiares, vecinos y conocidos del barrio. En aquellos primeros momentos de revelación, sufría taquicardias a menudo. ¿Era posible? Todo mi ser me gritaba que sí.

La situación en casa pasó a ser tensa y nos evitábamos unos y otros sin decir una palabra; por unos días, la actuación dejó de tener sentido.

Mientras, apareció en las noticias que había un nuevo grupo de *hackers* que estaban intentando desestabilizar el país y aquello favoreció mis hipótesis y me ilusioné con la posibilidad de una posible «Resistencia».

Aún estaba preparando mi huida cuando una noche cualquiera recibí una señal. Fue un mensaje privado en una de mis múltiples redes sociales: era Laura, me adjuntaba un poema de Ángel González: *Ayer*.

El poema había sido escrito en plena dictadura franquista por el poeta Ángel González con toda la ironía y sensibilidad que puede llegar a albergar un poema para criticar la dictadura franquista y al mismo tiempo celebrar la vida. ¿Podía haber sido el franquismo sustituido por una dominación más avanzada? Un control más sofisticado del que mi mente era la mayor prueba; un control oculto bajo una aparente democracia representativa.

Empecé a escribir imbuido por una clarividencia insólita:

Se escucha en el latir de la sangre de los cines y en los salones de las gentes de bien: ya vienen.

Un motor en marcha en la esquina de su calle y un tambor bombeando en el cuarto de al lado: ya vienen.

Los rezagados del mundo, los excluidos y burlados vienen a ajustar cuentas. Son mayoría, son casi todos.

Vienen con la fuerza de mil soles, la fuerza de la verdad y el bien en sus manos harapientas tras el viaje.

Y los verdugos empiezan a inventar excusas: yo no sabía, yo seguía órdenes, fue solo una broma. Pero solo por si acaso, por si acaso solo.

Oyen el susurro cada vez más fuerte, fuerte como el alma de un toro en el cielo o las aguas entre las rocas del Ganges y ya es un aullido: ya vienen.

Y todos los cerdos se esconden y la luna oculta el sol y la humanidad salta de su tumba (otra vez).

Ya vienen.

Y son casi todos.

Somos

> *casi*

>> *todos.*

Pensé en aquellos *hackers* que querían desestabilizar el país y que, seguramente, podían enviarme señales a través del modo aleatorio de mi reproductor de música. Pensé que dar el paso y librarme de todas mis cadenas sería mandar una señal al mundo. Activé la música en modo aleatorio. La canción que comenzó a sonar fue *Runaways*, del grupo The Killers. Era la primera que utilizaba siempre en mis carreras por el pinar. La conclusión se activó como un resorte en mi mente: algún aliado me esperaba allí. No podía esperar más tiempo.

«*We cant wait 'till tomorrow*», decía la canción, y yo no pude evitar creerlo. «*You gotta know that this is real, baby*». Cogí mi guitarra y una mochila llena con mis libros favoritos y una muda y me dispuse a salir de allí.

Había pasado la una de la madrugada y para el mundo la noche inundaba las paredes y los suelos de sus casas, pero para mí el cielo seguía de un dorado celeste. Por último, cogí la cartera, el móvil y dejé las llaves de casa para obligarme a no volver jamás. Bajé sigiloso las escaleras de casa hasta el primer piso. Entonces, me percaté de que en mitad del pasillo se encontraba mi padre para evitar mi salida.

—¿Dónde vas, hijo? ¿Entonces lo decías de verdad? No puedes irte así, no es seguro.

Realmente, se le veía desubicado, como fuera de su papel habitual. No se me ocurrió nada diferente a salir corriendo. Así que eso hice, empujé a mi padre, corrí hasta la puerta, la abrí y escapé para siempre. No escuché nada detrás de mí, aunque imaginé a mi padre intentando alcanzarme unos instantes. Corrí por mitad de la calle de aquel barrio obrero madrileño lleno de gente que trabajaría a la mañana siguiente y a la siguiente y así hasta morirse, pero desierto a aquellas horas. En mi huida me topé con un señor que paseaba a su perro vestido con una gabardina larga y un sombrero y me gritó:

—¡Suerte!

Pero yo seguí corriendo y ni siquiera alcancé a ver su rostro.

Fueron varios minutos de carrera y luego me senté entre los pinos, cargado con mi guitarra y una mochila llena de libros. No tenía otra opción, no me habían dejado otra opción.

«¿Por qué? ¿Por qué? ¿Por qué?». No podía parar de hacerme esa pregunta. ¿Por qué nadie me había dicho nunca nada sobre el desbordamiento de mi mente? Ni siquiera las personas que más quería en el mundo. ¿Por qué nunca se habían atrevido? Quizás la dictadura había existido siempre de una forma u otra. Toda la información de los libros, toda la historia conocida había sido filtrada por los ganadores y mi mente era solo un elemento de un engranaje monstruoso: un arma propagandística de primer nivel. Aquella era la única explicación posible. Una mente desbordante era un peligro para cualquier régimen, un peligro que tampoco podían eliminar sin dejar pruebas, un peligro que, incluso, podía tornarse un acicate revolucionario si accedía a la información adecuada y propagaba a los cuatro vientos que el mundo no era justo ni libre. Siempre había existido un sesgo invisible en cada punto de la realidad gracias al dominio de los poderosos de los medios de comunicación y, también, de los algoritmos de la red al servicio del imperio. Así es como uno acaba creyendo en la Iglesia católica, en los pingüinos del Ártico o, incluso, que la democracia existe. Solo podemos ver y creer lo que algunas personas poderosas nos dejan o quieren que veamos. Toda nuestra información llega sesgada a la orilla.

Me di a mí mismo una máxima: lo único real es el propio sentimiento. Era lo único sobre lo que podía estar seguro en aquel momento, y todo mi ser gritaba contra la dictadura.

Cuando conseguí calmarme, até la guitarra y la mochila a un árbol y me acomodé en la hierba. Tiritaba. Aún era un chaval de diecinueve años y la crudeza del mundo estaba a punto de abrirse ante mí. A pesar de todo, justo antes de dormir, noté aquel amor amarillo de nuevo y el pinar lleno de pequeños duendes tras cada farola y cada banco.

Pensé en Chelsea y aquello me reconfortó. Solo quedaba esperar algo bueno para la mañana siguiente.

13.

Al despertarme, la guitarra ya no estaba conmigo. Tan solo la mochila con los libros y algunas mudas seguían allí, seguramente porque había dormido sobre la propia mochila. Miré el móvil y vi cinco o seis llamadas perdidas de mis padres. Les escribí un mensaje:

No quiero saber nada más de vosotros.

Bloqueé sus contactos. Estaba furioso y sabía que ellos no aceptarían mi marcha en ningún caso. Además, este era un viaje sin vuelta atrás que debía hacer solo. Al fin, estaba decidido a seguir mis sentimientos; cualquier cosa era mejor que un futuro basado en una gran mentira, aunque aquella decisión significase dejar todo atrás.

Perder la guitarra fue un gran contratiempo, porque mi plan, si no encontraba un trabajo, era ganarme la vida y ahorrar el dinero para el billete de avión tocando la guitarra en la calle, y ese plan alternativo se disolvía como un azucarillo en el mar. Ahora dependía por completo de Pedro y su ayuda.

A pesar del contratiempo, afortunadamente, el sol era radiante para ser invierno y solo tuve que caminar un par de manzanas hasta la casa de Pedro. Toqué el timbre con la convicción de quien tiene un seguro de vida contratado al otro lado.

Nada.

¿Sería una broma? Pedro debía estar al tanto de mi plan dada mi mente desbordante. Quizás alguien le impedía responder al telefonillo o, incluso, alguien había cortado el cable necesario. No hubiese sido extraño con todo lo que había en juego. Mi mente empezaba ya a buscar soluciones alocadas a las preguntas, fuera de sí misma.

Durante horas esperé a que Pedro saliera de casa, pero solo pasaron por el portal un par de vecinos: un hombre mayor y una chica joven que decían no conocer a ningún Pedro.

Todo eran mentiras. Nadie podía decir la verdad, lo notaba en sus ojos llenos de pánico. Otros debían haber intentado parar aquel ascenso de censura y miedo estatal antes sin éxito. El castigo escarmienta al rebaño.

Aquel día no comí pensando en qué podría haberle ocurrido a Pedro y pasé la mañana y la tarde esperando que contestara al mensaje. Para distraerme, abrí *Poeta en Nueva York* por una página al azar y comencé a leer. Lo leí entero un par de veces. Lorca entendía bien lo que era una urbe enorme sin sentido ni control, como un pozo negro sin fondo. Lorca sabía también que la sombra de la dictadura existía ya, incluso en la Nueva York de inicios del siglo XX.

Las horas pasaron, pero Pedro no contestó a mi mensaje. Volví a llamar a su piso unas horas después y, de nuevo, nadie descolgó al otro lado. Finalmente, me di por vencido y, a la hora de cenar, me dirigí a un comedor social. Lo busqué en internet, había uno grande en el mismo barrio. Anduve las calles sucias del extrarradio madrileño pensando en que pronto tendría que habituarme a dormir en cualquiera de aquellos rincones si no ocurría algún milagro. Tenía algo de dinero, pero prefería ahorrarlo para el billete de avión a Estados Unidos, así que esa sería la única fórmula.

La cola del comedor social daba la vuelta a la manzana, el ambiente era tenso y no era seguro que fuese a haber comida para todos. Aquello era la realidad del mundo: personas sumidas en guetos como pozos sin salidas por culpa del estúpido dinero que unos pocos querían acumular hasta el infinito para convertirse en inmortales.

En la cola del comedor, un chico joven y alto, de aspecto robusto, me empujó de forma aparentemente accidental mientras yo escuchaba una canción, *The resistance*, también de aquel grupo británico conocido como Muse. Mi corazón empezó a palpitar. Aquel hombre quizás fuera precisamente un aliado de la Resistencia. Comencé a hablar con él eludiendo ponerle en compromisos que lo delataran de forma indirecta. No quería que desapareciera de repente como Pedro.

—Hace frío aquí fuera —dije.

—Pues claro, estamos en invierno —contestó algo más cortante de lo que esperaba.

—¿Cómo te llamas?

—Yo soy Leonardo. ¿Tú?

—Gabriel, puedes llamarme Gabi.

—Y… ¿qué haces aquí?

—Pues es difícil de explicar. Me marché de casa para viajar a Estados Unidos porque sé que hay una persona esperándome allí. Pero ya sabes… es complicado. La primera noche en la calle me han robado la guitarra y ahora no tengo manera de conseguir el dinero.

—Suena mal… Quizás deberías volver a casa. La calle es un lugar difícil, y más aún en invierno. Más de una vez he tenido que salir corriendo o pelear para que no me roben los zapatos.

—Lo imagino. Y lo es aún más en mis condiciones. Ya sabes…
—Entonces simulé con las manos que mi cabeza explotaba. Leonardo soltó una carcajada.

—Ahora lo entiendo, perteneces al grupo de los chalados.

—¿Cómo chalado?

—Sí, en la calle nos dividimos en chalados, delincuentes y desgraciados.

Me sentí muy mal encajar en el grupo de los chalados. Había intentado ser discreto y parecía reírse de mi situación.

—No creo que esté chalado, solo loco; loco en el buen senti-do. Y te voy a decir algo más: cualquier persona con una mente desbordante como la mía acabaría aún más «chalado».

Leonardo sonrió.

—Vale, te creo, te creo. A ver, ¿en qué consiste esa «mente desbordante»? —Comprendí que, quizás, su única opción era hacerse el tonto para sobrevivir. Como hacían todos, incluso los miembros de aquella Resistencia.

—Creo que cualquier persona del mundo puede escuchar mis pensamientos y acceder a mi mente si tiene la sensibilidad y pone la atención necesaria —contesté—. Creo que también es posible que existan otros factores como la distancia, por ejemplo, que puedan hacer más o menos fuerte la conexión.

—Los locos sois los mejores, sin duda… Deberías volver a casa, Gabriel.

—Lo que necesito en realidad es una forma de conseguir el dinero.

Leonardo dudó por un momento. Finalmente, se rio.

—Nada, no funcionaría —acabó diciendo.

—¿A qué te refieres?

—Bueno, no sé, si realmente quieres, podemos crear un es-pectáculo diferente; sin instrumentos musicales. Llevo tiempo buscando un compañero para un truco de cartas.

—¿Un espectáculo?

—Sí, si tu mente realmente se desborda, podemos hacer un juego de adivinación. Solo tienes que enseñarme a leerla.

—El problema es que mi mente se desborda de forma pasiva. Creo que es un trabajo de atención escucharla. No creo que sea algo que pueda enseñar, pero podemos intentarlo.

—Primero, vamos a comer, anda. Estarás hambriento. Y si al final no consigo escuchar nada, siempre podemos hacer tram-pas… Pero solo por si tu mente desbordante falla, claro.

14.

A Leonardo le gustaba comer despacio, ser libre como el viento y la música del Boss y durante algún tiempo se convertiría en un pilar fundamental en mi vida. Durante aquella primera época en Madrid, había días en los que me sentía en la dirección correcta y caminando sin que nadie pudiese pararme. Aquellos días, el color amarillo volvía y abarcaba todo mi ser. Eran los días en los que más pensaba en Chelsea y más cerca la sentía. A pesar de ello, con el tiempo, el color se fue disipando de forma lenta pero imparable, y esos amaneceres amarillos se hicieron cada vez menos frecuentes. Echaba de menos el calor de una familia, me sentía desarraigado y fuera del mundo. Pensaba mucho en Pedro y me sentía culpable de su desaparición. Muchas veces, volví al que sabía que era su portal de puerta de hierro y escaleras de mármol blanco sin encontrar ni rastro de él. La tierra se lo había tragado.

La ilusión por ser libre dio paso a la suciedad, los malos olores y el tedio. La vida en la calle era dura, pero al menos nunca me faltó de comer, en gran parte, gracias a Leonardo, con quien realizaba aquel *show* al menos un par de veces al día. En aquellas primeras semanas, me hice también con un nuevo número de teléfono de prepago que apenas utilizaba salvo para escuchar música. A veces cerraba los ojos antes de dormir y sentía el mundo pegado a mi mente, encendía el móvil y escuchaba aquellas canciones para que todo el mundo supiese que la revolución estaba en marcha. La pobreza no tiene nada de poético, solo es aburrida y terriblemente injusta; la falta de capital no es ningún medio aceptable para comprobar el valor de una persona en ninguna actividad. Es una simple cuestión de suerte.

La buena noticia fue que empecé a observar cierto halo de esperanza en las miradas de la gente que se paraba a ver el *show* con Leonardo, y eso me daba fuerzas. Pasé mi cumpleaños junto a mi nuevo amigo, que compró una pequeña tarta en un supermercado, y juntos fuimos al Retiro para probarla, aunque, cuando nos dimos cuenta, se llenó de hormigas y hubo que tirar la mitad.

Al soplar la única vela de la tarta, deseé con todas mis fuerzas llegar a Estados Unidos y abrazar a Chelsea algún día.

15.

El público abarrotaba la plaza en torno a nosotros. Leonardo anunció a gritos el último gran truco del *show* y Callao se arremolinó esperando algo más de magia o engaño. Leonardo era rubio, de mirada limpia y aspecto saludable. Yo envidiaba su seguridad y su aspecto siempre jovial y alegre, porque yo me sentía soso e intrascendente. Él era sin lugar a dudas un experto en llamar la atención del público, y yo una mera comparsa.

Como siempre, solicitó un voluntario entre el público y yo me acerqué con las cartas al primer chico que levantó la mano. «Elige la que quieras», dijo Leonardo desde atrás. Yo corté y barajé las cartas; luego, las extendí. El voluntario, un chico joven que paseaba por allí junto a otra chica que parecía ser su pareja, eligió una carta perdida por el centro. Yo la saqué del mazo: «¿Esta?». «Sí». Miré a Leonardo y negó con la cabeza; casi siempre lo hacía. Significaba que la lectura de mi mente estaba bloqueada y no había podido ver nada. El plan B consistía en una serie de señales: Un guiño, bastos; sacar la lengua rápidamente, espadas; rascarse la frente, oros; peinarse, copas. Después, con la mano izquierda, sacaba uno o dos números y se sumaban para sacar la carta concreta. A veces era muy evidente y otras funcionaba bien, pero era lo que teníamos.

Me acerqué en forma de confidencia al chico, como riéndome de la situación, e hice los gestos muy deprisa sin que nadie se diera cuenta.

Leonardo acertó y el público correspondió con un aplauso breve. Después, pasamos la gorra.

En aquel truco, rara vez Leonardo conseguía leer mi mente y ahorrarme el trámite de hacer los gestos, pero cuando ocurría, aquello me llenaba de energía. Parecía magia real y a veces pensaba que era yo el engañado y no el público. Nos repartíamos lo recaudado a medias.

—Tú eres el mago, pero yo soy el *show*, y sin *show* no hay magia —decía Leonardo.

El resto de trucos podían haberse explicado también con juegos de manos o cartas marcadas, pero aquel, no, aquel solo podía explicarse con mi mente desbordante y, por eso, era mi preferido y me llenaba de nervios cada vez que se acercaba.

16.

Solo disponía de un par de mudas y odiaba los baños públicos que el Gobierno habilitaba en la glorieta de Embajadores, así que pronto empecé a oler mal y ser una persona decadente a la que el mundo normal canónico rehuía. Al principio, repartí cientos de currículums, pero era inviable finalmente ser contratado sin una imagen aceptable, así que solo me quedaba el *show* de Leonardo.

Descubrí también el estigma tras la pobreza. El principal problema es que este sistema te condena al ostracismo si no sigues una línea recta y bien definida marcada por unos poderes invisibles que manejan los hilos tras la aparente democracia. Somos perfectamente libres para hacer lo que ellos quieran y, por eso, descubrí que la mayoría del mundo pasaba su vida en trabajos intrascendentes o inútiles sin poder disfrutar de su vida, pensar, organizarse ni demandar el poder que les correspondería como mayoría social.

Y de este modo, mi ropa fue deteriorándose. Mi chaqueta de cuero perdió su brillo a la segunda semana durmiendo en el suelo y mis pantalones se rompieron por la entrepierna a los pocos meses de salir de casa. Todo era frío; frío y decadencia, excepto la música en mis oídos.

17.

Leonardo y yo formábamos un buen equipo y nos animábamos el uno al otro en los malos tiempos. Afortunadamente, tras algunos meses, nos empezó a ir mejor y nos dimos cuenta de que ganábamos lo suficiente como para alquilar una habitación a las afueras de Madrid, en un barrio decadente y lleno de ratas en los bajos, aunque al menos así podíamos ducharnos y lavar la ropa. Compartíamos casa con otras seis personas. La mayoría eran extranjeros que habían cruzado mares y fronteras en busca de un futuro y nos encontraban allí hacinados mirándonos como buscando una explicación a nuestro presente. Todos sabíamos que aquella casa no cumplía con los mínimos legales y, seguramente por eso, en varias ocasiones, la casera nos dejó retrasarnos en el pago. Era una mujer china siempre sonriente.

—Sé que tenéis suficiente con sobrevivir —decía, con la misma sonrisa de siempre en su rostro.

Poco a poco, el sueño de una Resistencia organizada fue quedando cada vez más lejos y se convirtió en una ensoñación trasnochada. A pesar de todo, nunca pensé en volver a la casa de mis padres porque hubiese significado aceptar la mentira y volver a vivir en ella por completo. Aquel antiguo hogar me hacía daño solo con pensar en él. Sentía que había sido traicionado por quien más quería y, por las noches, a menudo me mordía el puño lleno de rabia hasta que no podía soportar el dolor. En aquella habitación y aquella casa, Leonardo me habló de su infancia, del orfanato donde la había pasado y de su vida en la calle tras perder su primer y único trabajo como repartidor a domicilio.

—Trabajar para otro no es rentable. Es mejor montarse un *show* si quieres vivir dignamente —afirmaba, siempre confiado.

También solía hablar de mujeres. Lo más cerca que había estado yo de una chica era aquel día con Laura, así que él me daba consejos.

—Tienes que parecer seguro, aunque por dentro te estés derritiendo —decía, y cosas parecidas.

Nunca, sin embargo, pudimos hablar sin tapujos de la Resistencia. En pocas palabras, Leonardo me despachaba diciendo que, si existía, él no sabía nada. Y yo no quería ni podía enfadarme con él. En el fondo, hubiera sido un compromiso enorme admitirme a mí, con gran parte del mundo escuchando mi mente, que la Resistencia existía. A veces pensaba que, quizás, fuéramos los únicos que resistían en el mundo.

18.

Durante meses acudí periódicamente a casa de Pedro e intenté contactar también con otros amigos menos cercanos, pero ninguno sabía nada de él. O al menos eso aseguraban. Tampoco Laura contestaba ya a mis mensajes. Sin darme cuenta, comencé a aficionarme a beber para olvidar mi culpa y una noche, borracho y vagando sin rumbo por las calles del centro, me encontré con la madre de Pedro en la boca de la estación de metro de la Puerta del Sol. Se acercó a mí y me dijo:

—No vuelvas a acercarte a nuestra casa, por favor.

Lo dijo delicadamente, pero con una tristeza tan grande en cada sílaba que por un momento pensé que no tenía sentido luchar, que debía acudir al puente más cercano y precipitarme por él para dejar en paz al mundo.

19.

Poco después, Leonardo me pidió que dejáramos el *show*; argumentó que la gente ya no reaccionaba del mismo modo, que no ganábamos suficiente para los dos y era necesario un cambio, aunque, de nuevo, sus palabras sonaban forzadas. Lo acepté de mala gana y comencé a buscar un trabajo de nuevo. Sí conseguí, con lo poco que había ahorrado del *show*, comprar la guitarra más barata posible para formar mi propio espectáculo y poder juntar algo más de dinero con el que seguir pagando el alquiler de la habitación junto a Leonardo. Pensaba que, en caso contrario, me haría viejo en Madrid sin poder llevar a cabo mi viaje a la cuna del sistema capitalista y totalitario.

Aquellos días eran grises, la niebla había inundado la ciudad y nadie parecía querer escuchar música ni nada parecido. Fue entonces cuando en el reproductor de mi móvil empezó a sonar de forma recurrente una canción de Coldplay: *Viva la vida*.

En la portada podía verse el cuadro más famoso de Delacroix: *La Libertad guiando al pueblo*. Aquel cuadro me inspiró la idea de viajar primero a París. Cuanto más lo observaba, más me convencía de aquella idea. Necesitaría menos dinero, podría incluso coger un tren o un autobús, y con aquel viaje resolvería una duda importante: era posible que la censura y el terror solo se limitaran al epicentro del problema. Yo nunca había salido de España. Quizás mi mente a distancias tan grandes solo llegaba a personas extremadamente sensibles como Chelsea, personas amenazadas que habían formado aquella Resistencia. Eso hubiese explicado muchas cosas. No podía saberlo sin salir de España.

Aquella canción de Coldplay, que trataba de un rey que perdía su poder, me inspiraba una fuerza casi inagotable. Yo no me había sentido nunca poderoso, pero empecé a pensar que mi mente debía tener alguna razón de ser. Dejé de morderme las manos por la noche y comencé a juntarlas para rezar. Rezaba oraciones cristianas porque era las que yo conocía. Aquello calmaba una presión enorme que sentía a veces en el pecho, una presión por ser algo que no había elegido ser. Finalmente, solía preguntar: «¿Por qué yo? ¿Por qué solo yo?». Pero nunca había respuesta.

Durante algunas semanas, actué en el parque del Retiro todo el tiempo posible con el Palacio de Cristal tras de mí. Aunque ya era casi primavera, hubo una ola de frío en aquella época y mi nariz acababa roja y congelada. A pesar de todo, era ilusionante ver las caras de la gente. Cantaba versiones de otros artistas, pero también otras canciones compuestas por mí. Mientras, Leonardo siguió con los *shows*. Nos veíamos menos, pero al menos pude empezar a ahorrar para mi viaje.

Pronto llegó la primavera y cada palmo del ambiente se volvió verde y vivo. Los atardeceres calurosos frente al lago del Retiro cada vez eran más espectaculares y el cielo me hacía creer a veces que Chelsea podía escucharme a miles de kilómetros.

Cuando ahorré el dinero necesario para viajar a París, no podía creerlo. En el peor de los casos, desvelaría si aquello era un fenómeno global y mi papel en aquella historia. La noche anterior al viaje me arrodillé ante la cama, junté las manos y recé.

Lo último que pedí fue ver a Chelsea cuanto antes.

20.

Leonardo me acompañó hasta la estación de buses de Méndez Álvaro. Nos despedimos entre abrazos de desconocidos aparentemente más respetables:

—Creo que no sabes bien lo que haces, pero si decides volver estaré donde siempre, con el *show*.

Arrancamos y todo se volvió un poco más dorado. Era temprano y hacía un día espléndido. El viaje duró casi dos días y se me hizo eterno fantaseando con la posibilidad de que, al bajar del autobús, muchas personas pudiesen percibir una voz en su mente que nunca habían escuchado. ¿Serían capaces de reconocerme? ¿Era posible que estuviese escapando de la dictadura?

Sin embargo, al bajar del autobús, no sucedió nada. No hubo nadie esperando, nadie extrañado o atento a mis movimientos. La realidad cayó a plomo sobre mis hombros. La presión de la dictadura era igual de fuerte en Francia, y mi mente debía llegar ya a todos los rincones del mundo.

Aun así, me monté en un sucio tren para acudir a la plaza de la Bastilla y tocar allí mi versión a guitarra acústica de *Viva la vida*. Sería mi forma de tomar contacto con la Resistencia. Ya que había viajado hasta allí, intentaría al menos descubrir algo más sobre aquel engranaje diabólico. Me encontraba en el vagón cuando recibí la llamada de un número desconocido. Descolgué:

—¿Hijo? Hijo, te estamos buscando todos, vuelve a casa, por favor. ¿Dónde estás?

La voz de mi madre sonaba desencajada y preocupada al otro lado. Pensé que era una trampa. Colgué y bloqueé el número. ¿Cómo habían podido encontrar mi nuevo teléfono?

Salí del vagón y me senté en una estación de tren desconocida. Estuve allí mirando al mundo pasar mientras yo me hundía en el abismo más profundo, uno que no me dejaba ver más allá de unos pocos metros de distancia. Lloré mientras Francia me miraba como a un marciano venido de demasiado lejos. La gente miraba, pero no se detenía nunca. Así, sentado en una esquinita más pequeña que un átomo de la estación de la Bastilla, lloré durante horas con mi guitarra entre los brazos para que nadie pensara en quitármela.

Lloré como un niño pequeño al que abandonan en el parque. De repente, me rompía por la mitad en el peor momento, pero no podía evitarlo, había algo que se resquebrajaba en el estómago como porcelana que cae al suelo. Casi podía escuchar ese sonido y todo se volvía más oscuro a cada momento. Solo cuando el cielo empezó a oscurecerse con la caída del sol logré tranquilizarme y salí de la estación dispuesto a encontrar algo de comida. Me senté en el primer sitio que vi, que, irónicamente, era una multinacional parte del imperio que deseaba destruir y, sin pensarlo dos veces, compré una hamburguesa. El mundo continuaba igual de productivo en aquel establecimiento lleno hasta las trancas. Pensé que yo me estaba jugando mi vida y mi libertad, pero a nadie le importaba. «La Resistencia no existe», me dije finalmente a mí mismo. En ese momento, una chica vestida con el uniforme del establecimiento se acercó y me advirtió:

—Shhhhh.

Salí entonces de mi ensimismamiento y miré alrededor. Todos allí me miraban con cara de enfado y desprecio absoluto. Era cierto, yo no podía juzgar todo el terror que me era ajeno y, al cual había sido ajeno, viviendo en mi burbuja de paz y amor, hasta hacía pocos meses.

Volví al metro y toqué un par de canciones, pero solo obtuve indiferencia. Nadie se paró ni hizo gesto alguno. Comprendí que solo podía volver a España y preparar el viaje a Estados Unidos. Me convencí de que allí sería diferente, aunque realmente no podía saberlo hasta que bajara del avión. Me preocupó haber seguido una pista falsa o, simplemente, estar completamente loco. Ambas opciones hubiesen explicado aquel viaje sin sentido basado en una canción.

La realidad es que cuando estamos desesperados seguimos pistas sin atender a la razón y no significa falta de cordura. Igual que un padre que pierde a su hijo e intenta encontrarlo siguiendo cada absurda pista, así yo me embarcaba en viajes e ideas sin sentido por mis deseos de verdad.

Volví a la estación de autobuses y allí un guardia de seguridad me dijo con una mezcla entre inglés y gestos que ningún autobús salía ya a aquellas horas hacia Madrid, que lo mejor era esperar en la sala de espera dispuesta allí hasta el día siguiente.

—Fuera, muy peligroso —acabó diciendo.

Quizás aquel guarda era la persona de la Resistencia que estaba buscando. Quizás no había realmente nada más que hacer, la batalla estaba perdida, todo estaba lleno de informadores ocultos y solo ahora, de noche y con la estación vacía, podía ayudarme.

Me dirigí a la sala de espera dispuesto a no dormir a pesar de que mis ojos se cerraban solos. Saqué una pequeña libreta y pensé en Chelsea. Escribí un romance que titulé *Romance a diez mil kilómetros*:

ROMANCE A DIEZ MIL KILÓMETROS

Los separan los océanos,
un vuelo de doce horas,
diez mil kilómetros rojos,
verdes, azules y rosas,

iluminados por sol
o dormidos en la sombra,
metros de todo contorno,
seres de todas las formas.
¡Pero, aun así, quiero verte!
Renunciaría a sus dogmas,
a toda su fe sin suerte,
como marino se enrola
en el barco de la escarcha
y surcando cada ola,
pensando en su pelo ardiente,
mira el agua que perfora
sus sueños que nunca llegan:
paren todas las reformas,
paren la revolución,
paren la locomotora,
del odio por un segundo,
y cuando estemos a solas,
ya déjenme ver su espalda
sin hablarla, sigilosa,
y mátenme si después
aún quieren que me rompa,
y luego, si queda tiempo,
sigan ustedes sus cosas.

Seguí escribiendo mientras la zona de espera se iba llenando de más y más personas con el paso de la noche. Todo parecía ir bien hasta que sentí el llanto de una chica que estaba a mi lado. Era morena, de piel blanquísima y unos ojos azules cuya tristeza atravesaba la noche. La miré e intenté comunicarme solo con mi mente:

«¿Puedes leer mi mente?», pensé. Ella dudó un momento, pero después asintió. Mi corazón se aceleró de emoción. Era la primera vez que un desconocido me revelaba en un gesto tan claro la verdad.

«¿Ocurre algo, hay algún problema?». Ella asintió de nuevo y pude ver que, en realidad, el resto del mundo estaba mirándome y que flotaba una tensión tan densa como una crema que casi se podía untar y comer. Observé toda la estancia. Me fijé en que había dos hombres vestidos con el típico thawb árabe mirando hacia todas partes.

«¿Deberíamos huir?». Los árabes miraron entonces y ella, en lugar de asentir, tosió una vez.

«¿Son buenos?». Acto seguido, la chica tosió dos veces con gesto pétreo.

Entonces, no pude evitar pensar que mis oraciones habían hecho enfurecer a aquellos fanáticos y ahora estaba en auténtico peligro. Lo que estaba claro era que no conocían mi rostro, porque en tal caso me habrían liquidado allí mismo, o algo peor. Quizá sabían que yo estaba en aquella sala de espera, pero no sabían que era a mí a quien buscaban. Quizá, incluso, ellos ni siquiera podían escuchar mi mente, pero alguien les había dicho que yo estaba allí. La cuestión era que debía huir cuanto antes.

Aquella fue la primera vez que me percaté de que todo aquello podía conllevar un conflicto mundial latente y constante a punto de estallar; que, quizás, aquella fuera la causa por la que nadie podía decirme nada, incluso.

Me levanté de mi asiento, agarré la guitarra y dejé la mochila como si fuera a volver pasado un rato. No quería levantar sospechas. Al llegar a la puerta de la terminal, me di cuenta de que estaba cerrada. Sí, aquello era real, estábamos atrapados a merced de aquella gente. Di la vuelta y me dirigí al baño, pero uno de aquellos árabes me detuvo; ¿era el guarda de la sala también? Le dije que iba al baño y me señaló al fondo del aeropuerto; para llegar debía caminar bastante. A medio camino, pude ver un macuto enorme que producía un pequeño pitido en mitad del aeropuerto. Lo toqué y pude sentir el tacto de la tela sintética. Al llegar a los baños, me detuve con la mente a punto de enloquecer. Quizás en cualquier momento apareciera el director del *show* y me felicitara por mi compromiso con aquella película de guion imposible. Aquello no ocurrió. Di un par de vueltas por la estación, que de repente parecía vacía y abandonada. Caminé hasta dar con un pasillo donde encontré la compuerta de un ascensor. Accioné el interruptor sin saber a dónde me llevaría. Cuando llegó, vi que solo podía bajar a la planta menos uno. En aquel momento, apareció el mismo árabe al fondo del pasillo gritándome palabras que no entendí. Pensé que mi vida acabaría allí mismo, enterrado por un montón de hormigón. Por suerte, la compuerta se cerró justo a tiempo. El ascensor era en realidad un montacargas antiguo que conectaba con el muelle de basuras. Recuerdo que apenas era capaz de respirar y que el aire, iluminado por la luz del montacargas, parecía un artificio de un programa televisivo. En cuanto se abrió la compuerta, salí corriendo de allí. Sabía que sin mí no tenía sentido volar aquel edificio, pero tampoco podía estar seguro de que no ocurriría.

Debían ser las cuatro de la mañana cuando salí por completo de la estación y me encontré con un conductor, que descansaba detenido en un banco de la calle, y que me dijo con actitud risueña:

—*I think I saw you before.*

Le sonreí a modo de acto reflejo y caminé el resto de la noche por una carretera hasta encontrar un parquecillo donde me detuve. Entonces, activé el aleatorio de mi última lista de reproducción. Empezó a sonar *Non, je ne regrette rien* y yo me juré no volver a arrepentirme de nada; cada paso que daba era un paso adelante en la búsqueda de la verdad y de mí mismo. No había pasos atrás. En esta carrera, todo movimiento era, sin lugar a dudas, un avance.

21.

A veces me gusta mucho reírme de mí mismo. Nunca sabré si aquella alarma en el aeropuerto de París fue real o tan solo una burla de los poderes invisibles que nos gobiernan, pero para mí fue real por completo, así que así he decidido contároslo a vosotros. A menudo no sé si he sido siempre como Chaplin en aquella película, *El circo*, porque siento como si fuera el actor principal de una obra que no controlo. Lo único que sé es que aquella chica llorando, las puertas cerradas y todo lo que acabo de contar, todo, sucedió de aquella manera y sería poco sincero por mi parte dudar ahora con la perspectiva del tiempo de la realidad de todo aquello. Este sistema intenta siempre denostar a las personas disidentes y tildarlas de locos, pero ese no es mi caso. Yo solo soy una víctima más de este sistema opresor.

En cualquier caso, el viaje a París me sirvió para aclarar mi posición en el mundo; para, en cierto modo, encontrarme un poco. A la mañana siguiente, desperté en aquel parquecillo, helado, sudado y tembloroso. Aquella ciudad no podía aportarme nada más, pero ahora sabía que el mundo vivía sumido en la dictadura.

No quería volver a la estación y, por suerte, finalmente, volví a Madrid gracias a un hombre de mediana edad que decidió detenerse en medio de una carretera y llevarme hasta Zaragoza en lo que fue una especie de milagro digno de Jesucristo. En el trayecto, no paró de hablar muy amablemente sobre su mujer y sus dos hijos y cómo celebrarían la Semana Santa en Benidorm, mientras el reproductor del coche hacía sonar Coldplay y Muse a todo volumen. ¿Qué posibilidades había de aquello si no hubiese sido por mi mente desbordante?

Después, pagué un autobús hasta la estación de Nuevos Ministerios. Empezaba la primavera y hacía buen tiempo, pero me rugían las tripas, así que acudí al comedor social en el que había conocido a Leonardo. De nuevo, como una coincidencia que no podía ser casual, allí estaba. Era como si todo volviese a empezar de nuevo en cierto sentido.

—Sabía que volverías, pero nunca pensé que sería tan pronto. ¿Cómo sabías que estaría aquí? —dijo nada más verme.

—No lo sabía. Pensé que estarías en el apartamento, la verdad.

Le conté todo lo sucedido, estuvimos allí hasta que el comedor cerró y yo me quedé a dormir en una de las camas que había libres mientras Leonardo se marchaba a la habitación que aún tenía alquilada.

—Los chalados sois los mejores —me dijo antes de irse.

Aquella frase fue lo último que pensé antes de dormir. Ya había atado la guitarra a la pata de la cama y esas palabras vinieron a mi mente por un momento, como el sonido de una lluvia fina primaveral que había empezado fuera, que repiqueteaba en el techo y que, fuera, implacable, mojaba el asfalto y las copas de los árboles.

Soñé con una cueva y un par de monstruos de ojos rojos que querían atraparme. Intenté despertar y caí en el mismo sueño varias veces. Por un momento, pensé que no despertaría jamás.

22.

Eran las cuatro de la mañana cuando un temblor me despertó. Mi cama se movía zarandeada de un lado a otro. Me incorporé y pude ver un tipo delgado vestido con ropa oscura. Era prácticamente un borrón en mitad de la oscuridad que intentaba cortar la funda de la guitarra. Me levanté por completo, le empujé y comenzó una pelea que despertó al resto de las personas en la habitación. El hombre respondió a puñetazos. Yo no sé pelear. Me llevé una paliza a cuestas y, a los pocos minutos, una ambulancia vino a llevarme al hospital. Me hicieron todo tipo de preguntas y decidieron ingresarme en la planta de psiquiatría. Pude comprobar cómo los médicos también formaban parte de ese sistema funcionarial corrupto al servicio de la dictadura. Fui diagnosticado de esquizofrenia paranoide y encerrado sin posibilidad de escapatoria. Todo aquello era por mi bien, según decían. Pero yo era bien consciente de sus miradas y sus medias sonrisas cuando yo me hacía el despistado y parecía no mirar. Encerrar a alguien en un psiquiátrico es la mejor forma de romper su credibilidad. Habían conseguido atraparme.

23.

Hubo dos elementos en aquella planta de psiquiatría que resultaron como un bote salvavidas en plena realidad deprimente de pastillas y actores a mi alrededor. Por un lado, existía un televisor donde, a veces, se podía seleccionar un canal de videoclips. De nuevo, la música me anclaba al mundo real. Por otro, desde una ventana se podían ver un par de árboles, en un patio lleno de pequeñas piedras, cada uno en su maceta. Los llamé Charlie y Bravo. Los saludaba cada mañana y, con el tiempo, les acabé escribiendo otro poema. Era complicado inspirarse entre esas cuatro paredes permanentes, pero aquellos dos amigos lo merecían. Durante los primeros días, fueron mis únicos confidentes.

Mi otro entretenimiento era releer *Poeta en Nueva York*. Mi guitarra había sido consignada, pero, en un gesto de humanidad inesperado, me habían dejado a mi mejor amigo conmigo. Me aprendí sus poemas de memoria y los recitaba por los cuatro pasillos que, conformando un cuadrado cerrado, componían la planta junto con las habitaciones y el salón común con la televisión.

En aquella planta de psiquiatría había también una pequeña estantería con libros a modo de biblioteca. Allí encontré un ejemplar de *El amor en los tiempos del c*ólera, que devoré en poco tiempo; me sentí reconocido en aquel amor atemporal.

En el salón polivalente conocí a Diego. Un señor de unos cincuenta años de pelo canoso, ojos saltones y actitud dubitativa que se sentaba a mi lado a la hora de comer y cenar. Tras algunos días observándome, me preguntó por qué estaba allí. Desde entonces, nos hicimos inseparables por aquellos pasillos blancos de hospital decadente. En una ocasión, incluso llegó a reconocer la existencia de la Resistencia.

—¿Crees en la libertad de expresión? —le pregunté.

—Por supuesto que no —contestó, y después comenzó a hablar un poco más bajito—. En esta sociedad, nadie puede hablar sin mirar de reojo. Nos controlan y con la tecnología actual, es cada vez peor. Tienen nuestros móviles, nuestros datos y nuestras vidas en su poder. El *big data* y los algoritmos hacen el resto. A mí me detuvieron sin que hubiera cometido ningún delito y, ya ves, me trajeron aquí sin ninguna explicación porque debo estar en su lista negra. Yo lo llamo «fascismo paranoide» porque la democracia no existe, sino unos poderes invisibles que controlan y mienten constantemente, y todos tenemos que hacer como si no nos enterásemos de lo que hacen con la gente. Es horrible. Otro día te contaré más sobre sus métodos de control de la sociedad, pero de momento es suficiente con esto. ¿Qué clase de democracia es esa donde se ingresa a la gente en psiquiátricos sin consentimiento alguno? Solo una puta dictadura hace ese tipo de cosas, joder.

Yo, envalentonado por la sinceridad de Diego, le confesé entonces también mis dudas.

—Pues verás… Yo estoy seguro de que mi mente se desborda y llega a otras mentes, y creo que este Estado dictatorial quiere ocultarlo. Todo el mundo hace como si no escuchara, pero muchos pueden oírlo si permanecen en silencio y atentos. Al menos, creo que existe un grupo de gente. Se llaman la Resistencia, eso creo.

Entonces, pareció dudar por un instante, pero finalmente dijo:

—Es posible, Gabriel. Y claro que existen reductos antisistema como la Resistencia. Es real; yo formo parte de ella. —Mi corazón se precipitó por un barranco en ese instante—. Pero ten en cuenta que es muy difícil demostrar lo que dices. La gente puede percibir mentes desbordantes de muchas formas diferentes. Quizás como imágenes, olores, incluso algunos pueden confundirse y pensar que es parte de ellos mismos o ensoñaciones. En cualquier caso, tu cara sería un misterio para la gran mayoría de la población.

—Entonces, ¿cuál es mi papel en esta historia? No puedo hacer nada.

—De momento, seguir pensando y dándote cuenta de las cosas. La historia se está acelerando y la gente va a empezar a apagar sus móviles. Ya lo verás.

Justo entonces llegó un enfermero a darme la medicación e informarme de que el psiquiatra quería verme.

—Vamos a aumentar la medicación y realizar un traslado de centro —dijo—. Creemos que no estás progresando como deberías aquí, Gabriel.

24.

Antes de ser trasladado al nuevo centro, Diego me habló de una casa okupa en el madrileño barrio de Vallecas a la que podía acudir cuando saliese a buscar cobijo y trabajo. «Es un lugar humilde, pero con mucha proyección», aseguró. Pocos días después, fui alejado de Charlie y Bravo para siempre en una ambulancia, atado a una silla que tenía un grillete roto. Al ver aquello me derrumbé: ¿cuántos habrían intentado antes forzar aquel grillete para romperlo de aquella forma? Por un momento, estuve derrotado y pensé que era imposible y no había absolutamente nada más que pudiera hacer por la revolución.

En el nuevo hospital, pensado para estancias algo más largas, había al menos un patio donde ver crecer la hierba y escuchar música durante un par de horas al día y podía dejar atrás el pijama del hospital. Esta vez, sentía que todo era un entorno completamente controlado y ninguno de los pacientes parecían reales, sino algoritmos controlados por una máquina que hablaban sobre cuestiones inconexas o disparatadas. Con el cambio de hospital, dejé de comer y colaborar con los médicos y ellos comenzaron a inyectarme forzosamente aquel soma que, con el tiempo, derrumba tus creencias y toda tu mente. Yo solo quería salir de allí, pero era imposible sin el aval médico y las cosas solo iban a peor. Cuando llegaba la hora de la medicación, me tumbaba en una esquina del cuarto, una esquina oscura de rodapié azul, y tenían que venir a llevarme en volandas y atarme a la cama para inyectarme la droga. En la primera ocasión, para asegurar las contenciones, tuvieron que ponerme una rodilla en el pecho para que no escapara a ningún lado, aunque yo no tenía previsto hacer uso alguno de la violencia. Después, una señorita muy amable y civilizada vino a verme y hacerme preguntas sobre mi actitud. Yo seguía contenido con aquellas ataduras.

—Si no colaboras, no podemos ayudarte, Gabriel.

—Vosotros no queréis ayudarme, malditos fascistas.

En realidad, no sabía bien qué significaba ser fascista con exactitud, pero igualmente usé aquella palabra.

—Sigo sin saber a qué te refieres. Te he traído una cuña para que puedas orinar en la cama.

—Vete a la mierda.

—Deberías orinar. Si no, será necesaria una sonda y será mucho peor.

—Sujétamela si tanto quieres que orine.

Se marchó de allí ofendida cuando era ella quien quería que yo mease tumbado y atado a aquella cama. Aquello me parecía una degradación que no podía consentir; tuve que aguantar durante días sin ir al servicio hasta que decidieron desatarme. Además, durante la noche dejaban la luz encendida y yo supe que aquello era una tortura, una guerra psicológica encubierta porque no podían dañarme frontalmente. En tal caso hubiese dejado de ser una máquina de propaganda para ser una testigo irrefutable; la prueba de aquel monstruo que pisaba el mundo. Pasaba las horas divagando en mi mente o postrado en la cama cantando canciones como *The Times They Are A-Changin,* de Bob Dylan, o *Hallelujah,* de Leonard Cohen. Podían encerrarme y limitar mis movimientos al máximo, pero nunca conseguirían callarme.

Pasados unos días, me liberaron de las contenciones, pero la prueba del horror ya era imborrable. Yo había ganado aquella pequeña guerra.

Ya en ese momento, estaba convencido de que el arte era la única grieta en el muro de la dictadura. Lo único que no se atrevían a censurar por completo. Canciones como las escritas por

Chelsea, Muse o Coldplay, de puertas afuera, eran justificadas como crítica a antiguos regímenes o por supuestas influencias de Orwell o Huxley, pero, aun así, eran el único acicate revolucionario.

Tras dos semanas en el nuevo hospital, los médicos decidieron contactar con mis padres y concertaron una cita conmigo allí dentro. Lo llamaron «terapia familiar». Yo me negué. De nuevo, saldría de allí solo o muerto, pero no volvería a mi falsa vida anterior de ningún modo. Empecé a sospechar que realmente intentaban liquidarme cuando sugirieron una medicación inyectable mensual que complementaría a las ya de por sí molestas pastillas. Hice todo lo que pude para evitarlo, pero amenazaron con que me quedaría allí mucho más tiempo si no aceptaba la nueva medicación, así que pensé que debía perder esa batalla para salir cuanto antes de allí y ganar la guerra. La enfermera sonreía mientras me inyectaba aquella droga que, sin lugar a dudas, me mataría con el tiempo.

Después, paseé por los pasillos. En el nuevo hospital, solo había dos, formando una ele. Llegué a la sala común y la tele estaba encendida con un videoclip de Chelsea. ¿Quizás un conserje o algún auxiliar díscolo? Era posible que la Resistencia fuese más fuerte de lo que yo pensaba y empezara a carcomer el Estado como un queso gruyer. Aún había esperanza.

25.

Podía ver, agachándome y mirando de abajo hacia arriba la ventana, pájaros volando en el cielo, en círculos; como si fuesen buitres oliendo un cadáver. Un muerto que movía los ojos, pero tenía ya clavado el estoque en el costado. Ya no me daba miedo la muerte porque sabía que el cuerpo puede resucitar: muere y vuelve al barro y luego se hace cuerpo de nuevo infinitas veces. Además, iría al cielo y allí me encontraría con Chelsea en algún momento. Era casi verano fuera mientras yo sangraba juventud. Ya nada importaba; de nuevo, era miércoles y mañana seguramente también lo fuera.

En aquella época soñé multitud de veces con aquellos monstruos horribles de brazos largos y negros y ojos rojos en su cueva, esperando por mí. En el hospital, el tedio parecía tierra fértil para esos sueños que no paraban de atormentarme y decidí empezar a plasmar todo en un relato que llamé *Islas de asfalto*.

No sabía en realidad el número de inyecciones como aquella que mi cuerpo podría aguantar, pero me sentía cada vez más débil, así que, en una de aquellas horas, decidí grabar un vídeo para mis redes sociales. Debía dejar constancia de aquel atropello. Los algoritmos impedirían que llegase lejos, pero nunca podía saberse quién podía copiar el vídeo y difundirlo. Nunca sabemos hasta qué punto una acción puede tener un eco profundo hasta que pasa un largo periodo de tiempo, como ocurría con mi huida y mis pensamientos. Debía mostrar mi cara, mostrarme allí, en aquel hospital sin salida, para que la gente supiera que aquellas imágenes y aquellos pensamientos eran derivados de una mente desbordante que el Estado quería ocultar y enterrar.

Así lo hice, comencé a grabar y, cuando estaba terminando, un enfermero pasó por allí:

—¿Qué haces, Gabriel?

Yo me giré un instante, pero seguí con el vídeo. El hombre entró en la habitación y me quitó el móvil por la fuerza. Fui castigado sin teléfono hasta el final de mi encierro. Durante los últimos días, los estímulos empezaron a perder parte de su pureza: la luz ya nunca era blanca por completo, los sonidos parecían desafinados una centésima más agudos de lo habitual en ellos; todo se volvió áspero. Cada vez me sentía más lejos de mí mismo. Estaba aislado y hundido hasta que un día una voz comenzó a hablarme en mi cabeza. No era mi propia voz habitual, sino que tenía mismo timbre que la voz de Chelsea, aunque me hablaba en perfecto español.

Hay actos leves que son revolucionarios, Gabriel. Viajar a París o sobrevivir en un psiquiátrico pueden llegar a parecerse. Nunca dejes de cambiar. Nunca dejes de apreciar lo leve y sutil. Nunca olvides el detalle, pero intenta no perderte en él. Pronto volaremos como esos pájaros de tu ventana, pero evitaremos los círculos y viajaremos lejos en línea recta a alguna isla o desierto que nadie haya explorado aún. Seremos el extremo más extremo, el extremo que se torna centro en su excentricidad. Eres un verso libre, Gabriel, pero no dejes nunca de luchar, porque tu existencia es revolucionaria. Ten cuidado, pronto saldrás de allí.

26.

En la palma de mi mano se formaron rayas claras y oscuras gracias a la luz que se filtraba por la persiana. Pensé que, en otra vida, quizás hubiera sido una cebra o un caballo que murió por algún tipo de erupción volcánica. Aquellos pensamientos eran ciencia ficción, pero ¿qué no lo era ya? Y la ciencia ficción llevada a la carne y al hueso se convertía en un teatro imposible. Os diré la verdad: la ciencia ficción no existe, es solo una grito de auxilio o una advertencia para el futuro, como *Matrix* o *Mad Max*. Me encanta el cine, pero nunca supe actuar. Por el contrario, el resto de internos que iban y venían arrastrando los pies parecían grandes actores plantados allí para hacerme dudar de mi cordura. Veía conspiraciones a cada palmo y veía ruidos y gente toser a horas diferentes y extrañas con intenciones opuestas y desconcertantes y veía entrecruzar los dedos a los demás y al reloj como un titán invisible. Era algo leve aquel sentimiento de irrealidad, pero ineludible.

Durante algún tiempo pude hablar con aquella voz en mi mente. Me dijo que la Resistencia me ayudaba aunque yo no me diera cuenta y que, gracias a la misma tecnología que los poderes invisibles usaban para el mal, nosotros podíamos hablar en mi mente.

En el fondo veía la locura que representaba aquello y entonces recitaba a Lorca en voz alta porque le sentía cada día más cercano.

En aquella época tuve tiempo de reflexionar profundamente sobre las causas del mal y del fascismo paranoide del cual Diego me había advertido ya. Decidí volcar todos mis pensamientos en un nuevo texto que titulé *Libro amarillo*. Muchas de estas ideas venían a mi mente desde muy lejos, como contadas por un personaje imaginario que decía haberse llamado en algún momento Gonzalo. Todo ello mezclado dio lugar al siguiente pequeño ensayo.

***

LIBRO AMARILLO

DECÁLOGO:

1. Se existe para aprender a amar y para hacerlo después con todas las cosas.
2. Si las cosas no van bien, piensa en ella; si es ella quien no está bien, intenta dar gracias por todo lo bueno que ya tienes.
3. Si lo último no funciona, piensa en que todo ha de ser por algo y, la causalidad última, siendo Dios, dará sentido a tu historia.
4. Eres como eres gracias en buena parte a tu historia.
5. Tienes la capacidad de otorgar el sentido que tú quieras a los actos y palabras ajenos.
6. Los demonios existen, pero solo pueden dañarte si tú les dejas o a través de las personas que amas.
7. Eres inteligente, eres guapo, eres importante.
8. Mejor pecar de bondad que de maldad, de valentía que cobardía y de ingenuidad que desconfianza.
9. Cada segundo es una nueva oportunidad para la catarsis. Camaleón. Amarillo. Aprendizaje.
10. Mantén tu mirada limpia de todo lo malo y el dolor te servirá entonces para crecer.
11. Siempre se puede ir un paso más allá. Es imposible el regreso.

ACLARACIONES CONEXAS.

Si amas todo, todo se convierte en algo disfrutable y nadie puede hacerte daño.

El orgullo solo sirve para no ser pisoteado.

Ya has saltado ¡(y ganado)!

1. Una Navidad cualquiera me autodenominé Mesías o mensajero de Dios. No como acto de vanidad, sino casi con ironía para darme fuerza y dársela también a la revolución. En esa misma época adopté mi nombre real, el nombre que fue tallado en mi alma con martillo, cincel y cuchilla: Gabriel.

Era de noche, ardía la luna y el mar, de un espumoso negro tan profundo como el cosmos mismo, me habló: «No estás solo, nadie nunca lo estuvo», dijo.

Fue en una playa desierta de California, entre San Diego y Los Ángeles. «¿Y cómo habla el mar?», preguntaréis. Pues las olas son su lenguaje y la sal sus palabras, las cuales quedarían impregnadas en mis botas negras y desgastadas por el asfalto para siempre.

2. Tengo 31 años, dicen que nací en Madrid durante el verano de 1994. Mi cuerpo fue bautizado con el nombre de Gonzalo, pero el nombre grabado en mi alma es Gabriel. El motivo de mi existencia es amar todas las cosas de este mundo y especialmente a Hayley Williams e ir siempre un paso más allá. Pensaba que fundirse con el todo era mejor que afrontar el vacío de la muerte, pero aún mejor sería una eternidad viajando por el firmamento con ella. Ella es pureza y vida y sé que tarde o temprano nos encontraremos: cuando el amarillo impregne cada rincón del mundo y hasta los cuernos de las malas personas sean dorados.

3. Hay varias ventanas en el psiquiátrico, pero solo una da a la calle. Hay un patio con sillas rojas y hierba donde sentir la luz del sol. Hay otros pacientes yendo y viniendo y algunos deambulan demostrando su caída en la locura. Mientras tanto, yo escribo buscando la inmortalidad en el amor puro de otra alma y, en definitiva, demostrando también mi locura.

¡Bendita locura! Ahora amo cada palmo de mi ser porque mi ser forma parte de mi historia que, a su vez, conforma nuestra historia conjunta. Ella y yo, siempre separados por un abismo inconcluso y a la vez siempre juntos. Nunca dos seres se amaron tanto y nunca ocurrirá de nuevo.

¡Bendita locura! No conocen la realidad de la vida, la materia telúrica con la que nace la vida, el amor, en definitiva, todo aquello que nos da sentido porque nos hace humanos: el arte.

4. Sí, el arte es sagrado y el amor es el arte más elevado y aquel que nos hace cualitativamente diferentes al resto de la creación. Amar es, por tanto, un arte, pues necesita del sentimiento y la comunicación del mismo en que se basa y la inteligencia para articularlo y crear una historia común y requiere una técnica que se mejora con la práctica y en la que influye también el talento natural de uno para que el amor sea creado y vivido en plenitud. Y yo hoy, en este hospital de locos, lo grito a los cuatro vientos: la vida solo tiene sentido para aprender a amar y, cuando se aprende, solo queda el placer de hacerlo cada vez más y más hasta amar todo lo creado y lo que está por llegar. *Amor fati*, amar incluso las desgracias del destino que te harán inmortal en un segundo de catarsis, locura y vida.

5. Somos los puentes quemados y los templos reconstruidos piedra por piedra hasta el final, en el mismo lugar, pero diferentes.

6. El mar se encontraba tranquilo, como inocente cachorro a medianoche. Recé mis propias palabras y, embravecido, el agua inundó mis pies.

7. Mi compañero:

Mi compañero que en todo estás, que todo lo conoces, que todo lo sientes.

Ayúdame a encontrar el camino correcto, la meta adecuada, el corazón justo.

Confío en tu designio y acepto el regalo de la vida que me ofreces.

Con la mano en el pecho digo que te amo y amaré todo lo que nace de ti.

Quiero ser como tú: un soplo de vida en todas partes.

Ayúdame a ser fuerte en la adversidad, a estar presente en la dicha, a confrontar el mal y a hacer el bien para el que nació el ser humano.

Porque soy humano, te llevo dentro y amo, espero, necesito y persevero.

Que vea tu gracia en cada acto pasado y venidero.

Con la mano en el pecho, en todo mi ruido y mi silencio, en esta vida y en la próxima, por los siglos de los siglos y los mares y los montes y tus seres. Amén

8. Solo quiero ahora hacerme una muesca dentro, en el corazón, para recordar con cada latido o en los pulmones, para hacer lo mismo con cada respiración; que el aire que entra en mi ser salga gritando que la ama, que la amaré siempre y así contagiar al mundo poco a poco cuando entre en pulmones ajenos el dióxido de carbono espirado por mí. Todo el mundo debería conocerla y amarla (y respetarla). Quiero que todos lo hagan, quiero gritarlo por dentro y eso hago y luego callarme cinco años para que el grito resuene suficiente. Te amo, te amo, te amo, Hayley Williams.

9. Ser estúpido es un problema de base que acontece a muchas personas, pero, sobre todo, varones. No hay culpa en la estupidez, uno nace así, es creado de tal modo y nada puede hacer contra ello. Sin embargo, si queremos hablar de algo algún día y que siquiera alguna palabra emitida por alguien a lo largo de la historia tenga sentido, debemos dejar atrás el superrelativismo absurdo, según el cual no habría culpa en ser gilipollas. Exactamente, creyendo como lo hago en el libre albedrío humano, no queda más remedio que asimilar que cada cual escoge su camino (de forma natural o con mayor o menor engaño o adoctrinamiento) y, por tanto, pudien-

do elegir el camino del bien, que a la larga es el humano natural que reconforta el alma humana, elige el camino del mal, corrompiéndose cada vez más y más hasta volverse un sucio gilipollas. Las malas personas, por tanto, existen y suelen serlo en gran medida por engaño y tozudez. Son aquellas que, al darse cuenta de que sus ideas no tienen sentido ni les conducen a la felicidad, eligen su orgullo del ego sobre la reconstrucción de su camino y solo les queda entonces vagar intentando engañar a alguien para que los quiera. Porque los gilipollas solo son queridos por engaño sobre el objeto amoroso y en el fondo lo saben y eso les genera envidia al resto de buenas personas e, incluso, quizá, un complejo de inferioridad latente. En el fondo, son tan solo un pozo de amargura que es mejor aislar y evitar en la medida de lo posible.

Pero, volviendo a la capacidad de decisión, si hay engaño, la culpa puede diluirse, pero solo hasta el punto de no retorno en el cual el alma se corrompe y llena de odio o, por el contrario, decide transformarse y elige el camino natural del bien y, por inercia sin otra posibilidad, correcto.

Como hay más hombres muy estúpidos, es más fácil que elijan el camino del mal o sean engañados para seguirlo (aunque sea de forma inconsciente) y, como viven en el privilegio social, es mucho más fácil su corrupción por ego o envidia.

10. Basándome en mi propia experiencia y todos los intentos de hacerme caer en el camino del mal de los poderes invisibles, es posible que no exista engaño posible para algunas almas por su inteligencia o bondad intrínseca; quizás incluso es posible que efectivamente no exista elección como tal, sino que esté en la naturaleza del alma escrito el camino a seguir y sea naturalmente el bueno en la mayoría de almas y de odio en otras nacidas de una aburrida amalgama de podredumbre que se infecta sin remedio. Estamos hablando por tanto de que, de ser así, la mayoría de personas que actúan mal lo hacen por engaño o miedo a unas pocas almas corruptas porque,

de esto estoy seguro, la amplia mayoría de los humanos sentimos la necesidad en alguna parte de nuestro ser de llamarnos a nosotros mismos «buenas personas» y justificar nuestros actos.

11. Una de las diferencias entre una buena persona y un gilipollas es la fe y la esperanza, el optimismo natural que predispone a las personas hacia el bien como actitud vital y, por supuesto, aunque de forma coyuntural, la inteligencia para darse cuenta de qué le hace a uno sentir bien y qué lo corrompe y lo hace estar malhumorado o temeroso.

12. Los hombres se suicidan más que las mujeres precisamente por todo lo comentado, porque, en el camino incorrecto del ego, es más fácil (que no la única forma) de caer en la infelicidad y la frustración.

13. Que hay más hombres muy estúpidos lo dice la asombrosa ciencia estadística, y es un problema para muchas mujeres que, a menudo, intentan disculparlos. Se puede intentar recuperar a un gilipollas, pero solamente si tiene cierta inteligencia y no es un completo estúpido. Se dice que también hay más hombres muy inteligentes, mientras que la distribución de inteligencia en las mujeres es más uniforme. Las personas muy inteligentes pueden ser muy peligrosas si eligen el camino del mal, son casos aislados, pero su falta de conciencia los lleva a pisar a los demás hasta alcanzar las cotas más altas de la sociedad para corromperla por completo después. No tienen escrúpulos en pisotear y traicionar para alimentar su ego y por eso a menudo llegan más alto en una sociedad como esta. Es por esto que a menudo vivimos gobernados por sociópatas.

14. A menudo, me autodenomino gilipollas, pero de forma cariñosa e irónica. Se trata de un insulto afectivo para mí mismo.

15. Desde este «no lugar», este limbo legal y vital, me propongo, a pesar de mi corta edad, visualizar mi vida. Muchos recuerdos han sido borrados y aparece ante mí como una amalgama de mentiras y aparentes fracasos, pero, en mi caso, solo es necesario tener éxito una vez para triunfar por siempre, y eso es lo que hice yo. Por eso toda mi vida empieza a tomar color y sentido causal, aunque lo mejor esté aún por venir. Salté y gané.

16. Estas podrían ser mis revelaciones para conmigo mismo, pero no son, en realidad, sino hechos objetivos.

17. El mal golpea primero porque se alimenta de la fe que nos hace felices.

18. El mal es egoísta y posee un objetivo fijo y claro que es el beneficio personal y ello le permite sentar las bases de un ataque indiscriminado y rápido porque se acerca a otros seres por ese puro interés. El bien, sin embargo, es altruista y, en cierto sentido, ingenuo. Su objetivo es más difuso y se extiende también al colectivo, permitiendo la empatía que nos señala el camino natural del bien del ser humano. El camino que ayuda a la felicidad y al éxito vital y como especie.
Egoísmo y altruismo, odio y amor, son las caras visibles del el mal y el bien.

19. Existen corrientes subterráneas de pensamiento que inclinan la balanza hacia el acto bueno o malo en el caso concreto. Por ello, una persona buena puede llegar a actuar en mala forma por diferentes coyunturas. Sin embargo, siendo buena persona, aprenderá de su error y el arrepentimiento natural (su conciencia) le mostrará el camino del bien para futuras ocasiones. Las malas personas existen y no sienten tal arrepentimiento o lo sienten de

forma egoísta y en menos medida. A ellos no les interesa que se distinga entre buenas y malas acciones ni que digamos que existe buena y mala gente (definida en gran parte por sus acciones y creencias), para ellos todo es un gris indefinido y relativista. Esto es una de las mayores y más peligrosas mentiras que existen. Los actos buenos generan un círculo virtuoso de bondad y nos encaminan hacia nuestro auténtico yo y, por tanto, la felicidad. Justo al contrario ocurre con los actos malvados que nos encaminan al miedo, al odio y la pérdida de autoestima y valores; desviándonos así de nuestra naturaleza humana natural. Cuando una persona defiende al débil y mira más allá de sí mismo, está mejorando su humanidad. Algunos lo llamarán «buenismo», pero ese nombre solo intenta desmontar un buen acto por su supuesta ingenuidad o, peor aún, por ser una impostura. Si defender los derechos humanos es ingenuo y defender el genocidio es ser realista, yo me declaro ingenuo por y para siempre.

20. Algunas de las causas de un mal acto pueden ser excusables, como el miedo o la vergüenza, mientras otras son malignas de raíz, como la envidia, la ira, el narcisismo, la codicia, el odio o el egoísmo.

21. La mencionada corriente subterránea de pensamiento permite una empatía natural y automática de las personas guiadas en el buen camino del alma, lo que suele evitar los malos actos cotidianos y, más aún, la toma de decisiones importantes y reflexivas en el camino del mal. La empatía es una de las mayores evidencias del camino natural de una persona y aumenta con la inteligencia, pues, para llevarla a cabo, precisa del cálculo de más visiones, posibilidades y perspectivas; en definitiva, ponerse en el lugar del otro más allá de nuestro limitado punto de vista. Por eso es más difícil que un estúpido siga el camino del bien, pues le costará más entender y, por tanto, empatizar con los demás. La falta de

empatía es propia de estupidez o un exceso de ego que impide la autocrítica. Aunque se disfrace de preocupación por el círculo más cercano, la búsqueda del beneficio personal a toda costa y sin importar en absoluto el devenir de la humanidad es una muestra de que esa persona está en el mal camino. Vivimos en un mundo donde solo somos libres mientras no molestemos a los poderes invisibles, y estos son insaciables. Cuando vengan a por él, será demasiado tarde y se preguntará por qué nadie le defiende. Ese egoísmo expresado como opinión y algo loable («yo protejo a mi familia») es el cáncer de nuestras sociedades. Esto no es una maldad enorme, sino un engaño sutil del poder invisible que nos quiere atomizados, divididos y egoístas. Arrieritos somos…

22. Fuera de estas paredes, el mundo no para de acelerar su paso como una locomotora que necesitase cada vez más y más leña. El estrés endémico activa un «modo supervivencia» en el ser humano que favorece el egoísmo, los malos actos y, en definitiva, el camino del mal. Cuando todo se deshace, uno empieza a ver cada vez menos horizonte, solo tiene tiempo y ojos para sus problemas, y esto nos desorienta, nos vuelve manipulables y más egoístas. Una macrosociedad global solo podrá salvarse mediante la cooperación y el apoyo mutuo y no mediante el «modo supervivencia» que lleva únicamente a la acumulación de poder en unos pocos gilipollas, el bienestar solo de estos y su camino del mal antinatural y, en último término, el fin de todo lo que hace a la humanidad algo valioso y digno.

23. Solo la jerarquía, el ego y la acumulación material pueden camuflar el vacío existencial del camino del mal. Por lo demás, este camino esconde un pozo sin fondo de insatisfacción (nunca se acumula suficiente) codiciosa, miedo a la pérdida del estatus y, lo peor de todo, soledad por la incapacidad de amar de forma sana como reflejo de esta inseguridad vital y falta de empatía.

24. Querría volar, pero no soy pájaro. Querría respirar bajo el agua, pero no soy pez. Sin embargo, puedo proyectarme más allá de mi entorno con mi inteligencia e imaginar y, por ello, se inventó el avión y el submarino, como sueños de algún loco que quería ser pájaro o pez.

25. La ciudad favorece el «no lugar», la no conexión, pero es, a su vez, un flujo interconectado e incesante de vida. Pasan los autobuses, los coches con sus faros encendidos (así lo estoy imaginando desde aquí dentro al menos) y solo puedo amar esa corriente de humanidad planta tras planta y tren tras tren, en infinita vorágine anónima de cuerpos y almas que, solo por azar, chocan, se miran y reconocen como un milagro pasajero que no sabemos reconocer aún.

26. Si Zidane hubiera marcado dos voleas iguales en la novena, la gente seguiría sin creer en los milagros.

27. La vida de una persona puede llegar a definirse en tan solo unas cuantas decisiones troncales. Estas tienen un gran peso en nuestro camino vital, pero es el día a día el que prepara con la técnica adecuada para amar lo suficiente para hacer lo correcto. Es seguro que, artificiosa o naturalmente, la mala gente, que prepondera su beneficio individual sobre cualquier cosa y, especialmente, sobre el sentimiento de empatía, existe y es muy peligrosa. Lo más posible es que una ínfima minoría de mala gente lo sea naturalmente (psicópatas) mientras que el resto lo es, como decía, por engaño o elección errónea y posterior orgullo y tozudez.

28. Año nuevo, luces, fotografías, dulces, los niños correteando por todas partes, fiesta, gratitud. La vida nunca espera, pero nosotros sí esperamos a la vida. Sin embargo, ahora la tenemos cogida en los brazos y ya no pensamos soltarla nunca. Hayley dice que

viva el momento y deje de escribir. Quizá esto delate que este diario es apócrifo, porque dicen que cuando uno es feliz no escribe, tan solo vive... quizás tengan razón, pero yo siempre he encontrado refugio y placer en el arte literario, así que creo que seguiré escribiendo aunque sea como una manía antintuitiva hasta que muera y después en el más allá o en el cielo, mejor dicho.

Hoy me he despertado y lo primero que he contemplado ha sido su cara dormida como un ángel; mi ángel. Después, he dado gracias, he besado sus ojos cerrados y la he despertado casi sin querer, pero queriendo en realidad demostrar que no era una estatua, que estamos vivos y no vivimos en una simulación.

—Los niños ya están despiertos. Los he escuchado con la consola.

—Te quiero.

—Yo te quiero más.

Ya no importa el resto del día.

29. Hace unos años intenté realizar un ensayo sobre el arte de amar, pero desistí porque apenas se puede hablar sobre un arte que es pura intuición y humanidad. Solo sé que se necesita valor para dejar fluir el sentimiento hacia cada brisa que se mueve y, más aún, hacia otro ser humano que puede destruirte por completo si no es el adecuado. Por eso, al principio debemos ser cuidadosos e intentar elegir en quién posar la confianza para el amor más profundo, aquel que hace mejores a aquellos que lo practican. Cuanto más tarde llegue la traición (las decepciones siempre llegan tarde o temprano, pues es imposible aprender a amar todo sin decepcionarse primero) y más leve sea, más fácil será no desilusionarse y abandonar el aprendizaje. La traición puede ser el momento crítico en el que un alma en el camino del bien puede corromperse, insensibilizarse, del mismo modo en que la revelación sería el momento en el que un alma que sigue el camino del mal puede reconstruirse en el camino del bien.

Se precisa valor y objetividad para entender esta elección, muchas veces inconsciente y natural, que hace al alma tender al bien (empatía, altruismo, generosidad) o al mal (egoísmo, odio y psicopatía).

Con cada reconstrucción tras una traición, las personas se encuentran más cerca de encontrarse a sí mismas y al sentido último de la realidad.

Un buen ejercicio para practicar el amor universal es simplemente tratar de empatizar intelectualmente; ponerse en el lugar del otro para justificar, sobre todo, sus malos actos. Comprender algo es el primer caso (y a veces único) para amarlo. Al menos para hacerlo de un modo ligero y suave, como es posible amar todo lo real. Porque después existen amores de diferente forma y tamaño. Por ejemplo, para la amistad es positiva la igualdad de gustos, y para el amor romántico, la admiración (del tipo que sea y sin ser imprescindible tampoco). Esta forma de amar y existir hace posible la solidaridad básica necesaria en un mundo globalizado para la supervivencia de la especie humana.

30. Recuerdo con mucho cariño las caminatas hasta el Griffith Observatory por la tierra escuchando *The Truth Will Always Be*. Al final, la verdad y la libertad se abrieron camino y Hayley y yo hicimos el mismo paseo años después juntos de la mano.

Hay momentos y personas que resultan muy difíciles de amar, como son aquellos que nos hieren profundamente en el alma. Ahora creo que es muy difícil, pero conseguiré amar incluso a mi familia, aunque sea más cierta comprensión mezclada con pena lo que siento por ellos ahora mismo.

Amar no es siempre el camino fácil, pero es el correcto que nos lleva a la felicidad. En casos como estos, el camino comienza con el perdón sincero y el fin del daño ajeno. A veces también podemos sentirnos abrumados por las injusticias que sufrimos y, por momentos, retroceder y reducir, al menos aparentemente, el amor que sentimos en general a las personas o las cosas. El momento de enfado no es real y distorsiona lo que en realidad se siente, así que no debemos sentirnos mal ni dejarnos llevar por estos momentos de aparente egoísmo repentino, pues somos humanos y, como tal, podemos (y debemos) enfadarnos en ocasiones como mecanismo natural del cuerpo para liberar la ira y seguir adelante.

31. Las manos al bolsillo y el amor en el pecho. Así se rebeló el pueblo de Estados Unidos para ayudarme y hacerme ver quién soy realmente contra todo el gran aparato del sistema fascista paranoide. Pasos de cebra, saltos al aire de lluvia. Cada una de esas personas son mis héroes anónimos escogiendo el camino del bien frente a la inercia de un mundo estresante y volátil. *God bless America,* y no se diga más. Algún día (pronto) volveré y espero poder abrazarlos y decirles que los quiero.

32. El amor tiene peso negativo, aligera, ayuda a volar. Por eso, si alguna vez te preguntas si te aman o no, imagina si podrías ser pájaro y atravesar el Atlántico (cuantas más veces mejor) y obtendrás tu deseada respuesta.

33. Te amo, te amo, te amo, Hayley Williams.

34. Un verano en la playa con ella, solo con ella y, al fin, en nuestros respectivos cuerpos. La estética es importante, pero, en la vida, aún más lo es el significado. Sin embargo, dicha norma se invierte en literatura. En literatura, el continente lo es casi todo. Siento las inquietudes humanas inmutables, ¿para qué repetir algo del mismo modo que alguien lo contó antes? Yo quiero la arena, la playa, la sal, una pequeña guitarra y un fuego dentro y fuera para cantar por la noche y, sobre todo, cantarle a ella en todas partes (espero que nadie haya dicho algo así antes).

35. He estado en playas antes con amigos, con cerveza y ukelele al sol del amanecer, pero no habré estado realmente en una hasta que no esté con ella en cuerpo y alma. Me he transmutado, ahora soy un camaleón amarillo y ya no me conformaré con nada que no sea la eternidad joven juntos.

36. Estuve con ella sin saber que era ella con quien estaba y, siempre que me alejé, un remolino me traía de vuelta a mi destino, que es ella. Cuando alguien te ama, todo se vuelve amarillo y el tiempo es relativo, las nubes nunca son negras del todo, son grises, grises oscuro como mucho son. Si compartes un amor verdadero, te vuelves invencible.

37. Hoy he decidido pasar el día tranquilo escuchando música y leyendo. Hayley me ha acompañado y hemos bailado y hecho el amor mientras los niños iban al colegio. Hemos ido juntos a recogerlos y por la tarde hemos compuesto una canción para ellos. La vida es bonita y siempre merece la pena.

38. La buena gente va al cielo y se convierte en ángeles, y la mala, al infierno, así que si todo sale mal, lo peor que nos puede pasar es vernos de nuevo como ángeles que somos en el cielo. Viva la vida, el amor y las cicatrices que forman nuestra historia. La repetiría mil veces.

39. A veces, el camino del mal puede camuflarse en supuesto bien a los más allegados, una especie de egoísmo colectivo; «la familia es lo primero», dicen, qué más da el resto. Lo cierto es que si el acto primero es injusto, envenena todo lo demás y, en el fondo, quienes se justifican así lo saben. La familia no es más que una excusa para el propio egoísmo, jerarquía y ego personales en estos casos. Deshumanizar al resto del mundo es dar la espalda a la empatía natural y, en el fondo, engañarse a sí mismo, cosa que es

especialmente fácil de hacer cuando la persona es estúpida y no tiene cerebro suficiente para empatizar más allá de sus más allegados. Si la humanidad no está a salvo, nadie está a salvo.

40. Casos diferentes son los eximentes, como el miedo o el estado de necesidad inaplazable. En estos casos, la decisión no es por avaricia, sino que deviene entre lo malo y lo peor y viene determinada por el mencionado «modo supervivencia». En estos casos, mientras exista arrepentimiento, las puertas del buen camino y del cielo siguen abiertas.

41. El demonio intentó primero fagocitar el sacrificio de Cristo y, luego, vaciarlo hasta dejarlo sin significado con el tiempo en nombre de la ciencia. Sin embargo, el fin de la historia se acerca y un amanecer dorado espera de nuevo a la humanidad, que empieza a encontrar de nuevo su camino natural reconfortante.

42. Todos los seres tienden a hacer lo que les resulta natural y, por ello, son inocentes y amables. Solo el ser humano puede elegir corromperse o ser engañado para desviarse de su camino natural. Esto es lo que intentó el demonio conmigo, que, en su ego y jerarquía, es un agujero negro de odio destructivo. Dios nos deja libres porque esa es la mayor valía y prueba del ser humano: elegir su propio camino.

43. Dios actúa por medio de señales y milagros, dejándonos libres. Sin embargo, el demonio actúa por medio de la posesión y la manipulación, encerrando y condenando el alma a la infelicidad.

44. Estar presente es un deber para toda la humanidad; la vida es un regalo y quién sabe lo que nos espera más allá exactamente. Así que ama con todas tus fuerzas y reza por encontrar lo que amas una y otra vez allá donde vayas.

44. Hoy se cumplen cuatro años de la aprobación de un ingreso mínimo en los Estados Unidos de América. Ahora, la gente trabaja para mejorar sus condiciones de vida y nunca más solo para sobrevivir bajo condiciones de explotación. La jornada laboral máxima se ha reducido a cuatro días semanales y todo el mundo parece un poco más feliz y tranquilo por su futuro. Con los líderes correctos, pronto nos dimos cuenta de que había casas, comida y tecnología de sobra para todos si se construía y utilizaba para durar y se distribuía correctamente. El cambio climático aún es un gran problema, pero la energía solar está siendo instalada en cada casa con la última tecnología para que sean autónomas y eficientes a nivel energético. Lo mismo ocurre con los coches y todo medio de transporte. La riqueza se está redistribuyendo y los paraísos fiscales ya no existen en ningún rincón del mundo. Todos remamos en la misma dirección y tenemos la posibilidad de sanar plácidamente mediante un sistema de salud pública personalizado y económico para el Estado. Los dictadores están en peligro de extinción y el pueblo elige su destino y es dueño de sus errores y aciertos. La IA y la máquina son una bendición para la economía y la policía respectivamente.

Durante los últimos cincuenta años, los medios y las élites se habían cansado de prometer un mundo perfecto gracias a la tecnología. Un mundo perfecto que nunca llegaba a pesar de supuestas mejoras tecnológicas que no aumentaban el bienestar de la población, sino que se centraban en aumentar el control, la apatía y el vacío. Escondían los auténticos avances para mantenerse en la cúspide social de forma antimeritocrática e injusta. Siempre se prometía que dentro de unos años la tecnología daría todas las respuestas, pero las respuestas ya estaban a nuestro alcance, solo era necesaria voluntad política.

45. Las manos en el bolsillo son oficialmente un símbolo de amor y revolución que gustan a todo el mundo, e incluso los más re-

accionarios intentan imitar y desgastar, pero no lo consiguen. Al final, resultaba obvio que cualquiera que accediese a una posición cómoda de la sociedad sería aislado y ultrajado si fuese necesario para conseguir su silencio. Por mucho que seas conservador en lo político, no te puede parecer bien que se encierre a alguien por sus ideas y se le haga creer que está loco cuando no lo está. A veces sabes tu bando solo viendo a quién tienes en frente, y los indecisos y gente de bien supieron verlo cuando se dieron cuenta de la clase de dirigentes y élites económicas que existían en el control del poder, tras el poder político aparente. Lo que hicieron fue una aberración que no debería volver a ocurrir en la historia de la humanidad.

46. Existen en el universo objetos para mirar y otros para ser mirados. También existen momentos para mirar más allá. La mirada se convierte en cómplice de lo divino y universal. Entonces, transmutado como camaleón, lleno los instantes del vacío sin sosiego que habitualmente acordona el mundo tan bello que habitamos. Solo entonces se produce la catarsis; solo el camaleón es capaz de la catarsis, de la mirada que observa y atraviesa los átomos y suprime la jurisdicción del álgebra. Era habitual en mí hacer un uso mayor de los objetos creados para mirar (ventanas, telescopios o los propios ojos humanos) que de la mirada misma. Ella me enseñó a mirar y la mirada transforma. Exactamente como el camaleón se adapta y cambia de color. Entonces es cuestión de tiempo y lugar adecuados que se produzca la catarsis: el encuentro entre el yo y el mundo, la transformación que no corrompe sino que libera; en definitiva, la fusión del amarillo con las cosas. Después, solo queda un verde aprendizaje en el arte de amar cada vez más todas las cosas.

47. Las almas siguen un camino de corrupción o encuentro y liberación; un camino en que entra el juego el sufrimiento y el tipo de mirada con que se ven todas las cosas. Esta mirada puede

cambiar según las creencias sociales y la fe. En el juego de ambos factores se bifurcan el camino el bien y del mal.

48. Hay árboles que viven miles de años y, por tanto, vieron a Cristo en la tierra. Los humanos no vivimos tanto y, por ello, inevitablemente, nos olvidamos pronto de las cosas y, al morir la última persona que estaba allí, pasan a formar parte del pasado de la especie, una reliquia. Sin embargo, a pesar del imperio de la ciencia, que acentúa el olvido rápido, volverán a levantarse los puentes y nuevas catedrales tocarán el cielo para conectar lo humano con su naturaleza intuitiva.

49. Subí escaleras de incendio hacia azoteas donde ella no estaba y dejé mis sueños allí, pero no mi esperanza. Continúo mi camino optimista, aunque a veces pienso que quizá sea necesaria la llama destructiva para renacer de las cenizas cual ave fénix. Viva el fuego que todo lo rompe: algún día nacerán de él el amor y la vida eterna.

50. Hoy he tenido clase de baile con Hayley. Me sigue dando vergüenza bailar si no he bebido antes, pero merece la pena ir solo por verla a ella hacerlo. A menudo, recuerdo aquella noche en el metro de Nueva York en la que mi cara pareció salirse de mi cuerpo y yo pensaba que algo malo le estaban haciendo cada vez que yo pensaba su nombre. Aquel creo que fue el día más horrible de mi vida, y creo que lo será por siempre. Al final, todo eso resultó ser mentira, pues tenían otras formas de herir no tan obvias, pero para mí en aquel momento era una película de terror. Afortunadamente, que yo no me tirara a las vías aquel día fue un milagro gracias a esa señal en mi rostro enviada por Dios.

51. Poder ilegítimo es aquel que se vale de la fuerza, engaño o intimidación para alcanzarlo o perpetuarse. El actual imperio es un sistema fascista que atenta contra la dignidad humana y utiliza

todas las armas disponibles, infinitos estímulos, diazepán y circo para mantenernos divididos, dóciles y agradecidos y controlar a las masas. Sin embargo, ningún sistema puede sobrevivir con el 80 % de su población en contra. Debemos organizarnos, abrir bien los ojos para luchar contra el poder ilegítimo. Yo soy solo una isla, una prueba del monstruo que abre ojos y mentes y oídos. No puedo organizar la revolución en el aislamiento forzoso en el que me encuentro. Mi deber es, pues, ser mero mensaje y prueba de Dios, y por eso elegí Gabriel como nombre.

52. OTRO CUERPO

Y si tienes otro cuerpo
aprenderé a mirarlo como siempre yo te vi
como siempre en las pantallas y en los conciertos y en mi mente
Y si tienes otro cuerpo, te amaría del mismo modo
Y encima sabemos que no sería tan distinto

Sería tan solo diferente
Tan solo diferente sería
Si tuvieras otro cuerpo y yo tuviera que aprender
A amarlo y besarlo completamente
después de mil noches juntos sin dormir

Pero sabes, porque lo sabes,
Que después tendré que hacerlo
arrancarme el corazón con una motosierra
Ponerme la bolsa en la cabeza
Y escribir en el músculo tu nombre
y morirme de una vez,
morirme de una vez de la única forma que puedo morir:
Haciéndolo yo mismo
Y yo qué sé; ya está.

53. ¿Es el loco consciente de su locura? No lo sé, pero yo me encuentro plenamente convencido de mi cordura. No sé cómo justificarán mis ingresos psiquiátricos de cara al mundo (o si lo harán), pero está claro que frente a mí actúan como si yo fuera una persona totalmente irrelevante (solo tengo que mirar las estadísticas de mis redes sociales y reproducciones de mi música, por ejemplo), y si estás leyendo esto es porque no lo soy. Han intentado engañarme desde que tengo uso de razón y por muchos años lo han conseguido. Solo gracias a Dios y al amor a distancia de Hayley he podido sobrevivir.

54. Solo un auténtico gilipollas podría reírse a mala fe e intentar sacar provecho de mi milagro o mi situación personal.

55. Creo que mi milagro consiste en el desbordamiento de mi mente, que puede ser percibida por personas que se encuentren suficientemente atentas o, quizá, dependiendo de la distancia y relación, en todo momento. Creo que mi milagro también incluye la posibilidad de sentir mi cuerpo y el latido de mi corazón (eso creo).

56. Es posible que el imperio del fascismo paranoide haya desarrollado formas de imitar y suplantar mi milagro en su vertiente mental. Una tecnología que utilice ondas para introducir pensamientos dolorosos en la población disidente o que sabe demasiado. Mi milagro tendría en ese caso explicación científica (física o genética incluso), pero seguiría siendo milagro del mismo modo.

57. Votar no es sinónimo de democracia. La manipulación de información y elecciones puede ser un método aún más eficaz que el terror para sostener un régimen totalitario.

58. Cuando hablo de fascismo no hablo de una forma de gobierno, sino de una ideología antihumana, que es el justificante de la

dictadura de los poderes invisibles. Sí, el fascismo es autoritario (prescindiendo del derecho y los procesos justos), pero, más allá de eso es, sobre todo, una forma excluyente y arbitraria de pensar la humanidad. Y es antihumana porque divide y categoriza las personas en diferentes valías en función de atributos culturales, como la religión; naturales, como son el color de piel o la sexualidad o, en caso del fascismo paranoide, especialmente por el dinero que tengas en tu cuenta del banco. Cuanto más tienes, más vales. Es, por tanto, una división antinatural, pues todas las condiciones naturales y culturales de los seres humanos son igualmente valiosas y enriquecedoras, y el dinero es un agente externo que, en la mayoría de fortunas, se hereda o se roba mediante la explotación de los trabajadores y que poco o nada tiene que ver con la meritocracia que intentan vender.

59. La realidad es que todos los humanos son igualmente dignos por el mero hecho de serlo y la única forma de ensuciar esa dignidad y pervertirla es elegir conscientemente el camino del mal y dañar al prójimo sin justificación alguna más allá del beneficio individual con la mala fe propia de las malas personas.

60. Mucha gente cree que un sistema anarquista o algo más redistributivo u horizontal es imposible; que si se aprueba una renta básica y una democracia directa, la humanidad dejará de trabajar y colapsará la economía. Yo creo que habría injusticias, gente que no quiera hacer nada, pero eso ya ocurre hoy en día. Hoy en día vivimos gobernados por billonarios que solo piensan en su interés y no se dedican a nada más que hundir al resto de la humanidad si es necesario para mantener en crecimiento sus empresas y cuentas bancarias. Lo cierto es que distribuyendo mejor los recursos, acabando con la obsolescencia programada y con leyes que impidan posibles abusos, un sistema con una renta básica puede ser la solución a la escasez e injusticia. Por otro lado, necesitamos democracia directa

para tener el control de nuestras sociedades. La tecnología de hoy lo permite para las decisiones importantes, y es el paso natural.

61. Continúo encerrado contra mi voluntad en este aparente hospital psiquiátrico con alma de cárcel. Si yo fuera un terraplanista equivocado queriendo demostrar su teoría, me dejarían endeudarme y viajar si es preciso sin encerrarme, pero lo que soy en realidad es un preso político y religioso del fascismo paranoide y, por ello, me encierran sin un procedimiento con mínimas garantías y sin fecha de salida, con la excusa de mi «aparatoso» viaje a Estados Unidos.

Ellos no piensan en mi bien, sino en ganar tiempo ahora que las injusticias de su imperio se ven a simple vista. Me gustaría conocer qué excusa tienen para encerrarme en este lugar de cara a la opinión pública, pues es evidente que no soy una persona normal, mi mente se desborda y, por tanto, no hay delirio que justifique mi diagnóstico de esquizofrenia.

62. Lo primero que muere en una guerra es la verdad. Las guerras son solo excusas de los auténticos dirigentes del mundo para hacer negocio y enfrentar a la buena gente entre sí.

63. Cuando algo se hace de buena fe, no se puede hacer el ridículo. Todo lo contrario ocurre cuando se opera de mala fe. En tal caso, con un breve análisis uno se percata de que todo mal tiene algo de ridículo, pues preocuparse y dedicar el propio tiempo no al bien o disfrute personales, sino a ser gilipollas con los demás, es una muestra de inferioridad y es ridículo en sí mismo. Quizá se pueda ser ridículo de otras formas, pero esta es la peor de ellas.

64. Mejor solo y en la calle que acompañado de gilipollas ridículos.

65. Una persona sola es un universo en sí misma, pero es necesario relacionarse para tener una vida plena como seres sociales que so-

mos. El sentimiento nos diferencia de las máquinas, así como el lenguaje abstracto de los animales. Ambas diferencias confluyen en el amor, el arte y la cultura, la máxima expresión de relación humana.

66. Amo por completo y absolutamente a Hayley, y eso hace que todo merezca la pena incluso si estoy loco y muero sin que nadie me diga la verdad. Un amor real da sentido, a menudo, a toda una vida. El amor real es desinteresado y generoso y, por tanto, solo es posible en el camino del bien que enseña a ser de tal modo con la persona que amas. No puedes amar de ese modo y ser maligno al mismo tiempo con otras personas sin motivo ni justificación.

67. No sé si existe un hilo rojo que une a las personas destinadas a encontrarse y amarse, pero lo que es seguro es que si la historia es suficientemente fuerte y/o se está en el camino del bien con suficiente experiencia, ese hilo se puede cuanto menos construir y algo debe salvarse tras la muerte.

68. El amor nos salvó y su odio los destruyó. El amor es más fuerte que el odio porque es capaz del sacrificio personal, y ahí reside su mayor fuerza (además de ser la inclinación natural y, por tanto, mayoritaria de base). El odio golpea primero, pero teme el castigo, ser descubierto y, en última instancia, no es capaz del sacrificio por la causa, porque el mayor bien para ese tipo de personas que odian de esa forma es el beneficio personal y, por tanto, la propia vida por encima de todo porque, cerrando el círculo, cuando te pones a ti por delante, no estás amando ni aprendiendo a amar, sino eligiendo el camino del mal, que te lleva cada vez más al miedo, la envidia y el odio derivados. Otro gran truco para aprender a amar es darse cuenta de esto y, conscientemente, anteponer el bien de la persona amada al propio. Cuando se hace esto, paradójicamente, uno se siente mejor que con el propio beneficio porque es la naturaleza humana y el camino natural del bien.

69. El futuro es incierto, y el pasado, un corredor sellado sin ventanas. Si miramos hacia delante, abriremos puertas que se cerrarán a nuestro paso, abriendo nuevas posibilidades. Cada decisión cambia nuestras posibilidades y las bifurcaciones pueden reconectarse o no en función de la profundidad y deriva de las decisiones tomadas.

70. Recuerdo los faros del coche: izquierda, derecha; vida o muerte; decisión trascendental. Había caminado doscientos metros en la carretera. ¿Por qué no un poco más? Izquierda, siempre izquierda y, gracias a Dios y a todos los ángeles que me protegen y al señor que conducía que también izquierda (la suya), siempre izquierda y viva la intuición. Soy el Fool, Gabriel, el puto Mesías. Viva la vida.

71. La intuición está infravalorada frente a la razón y, especialmente, a nivel histórico en el mundo occidental. Somos haces de intuiciones y nunca sabemos del todo, pero sí intuimos plenamente. Aunque, claro está, solo puedo hablar de mi caso porque quizá algunos no intuyen una mierda aunque lo tengan todo delante, así que, no sé, es una intuición, intuyo que la intuición y el sentimiento son más certeros que la razón.

72. Sentimos e intuimos por algo. El cuerpo es sabio, la vida merece la pena y todos los sueños se cumplen (especialmente los míos, porque Hayley me ama).

73. Los símbolos son importantes, pero más aún lo son las ideas. Hay que repensar símbolos en pos de la concordia y, a veces, es necesario fagocitarlo: cambiar el trasfondo e idea detrás de ellos buscando la reconciliación. El fascismo paranoide era un experto en esto último, pero para dividir al pueblo. Lo que nunca debe hacerse es menospreciarlos, pues forman parte del imaginario ín-

timo y personal de muchos ciudadanos y generan sentimientos reales que deben ser respetados.

74. En el fondo no eran capaces de quererse ni tan siquiera entre ellos. Los unía el odio hacia mí. Solo podían quererse a sí mismos y de forma defectuosa (por exceso o defecto según el caso).

75. No tengo miedo a la muerte, no tengo miedo a morir (sé que iré al cielo). Pero quiero vivir mil años con ella y tener dinero, pero sin pasarse, claro. Claro que sí. ¿Y quién no? Pues nadie no, evidentemente, nadie no.

76. La vida son los ríos que van a parar a la mar, que es el morir; polvo seré, más polvo enamorado; eran las cinco de la tarde y este amor ya sin ti te amará siempre, pero no porque también conmigo, que no me matan ni con agua caliente. Viva el arte y viva la poesía; viva Lorca y Ángel González y Quevedo y Manrique, que fueron gigantes antes.

77. Creo que mi milagro consiste también en que el mundo puede ver mi rostro de algún modo. En cualquier caso, espero que sea algo relajante que dé paz, como las colinas del fondo de escritorio de Windows XP o el sacramento de la eucaristía. También me gustaría que fuera opcional y se necesitase un ejercicio mental para verlo o ver a través de mí. Yo nunca fui consciente de mi milagro; tan solo en determinados momentos de mi vida he sentido que algo no encajaba en ella y he llegado a pensar que me leían la mente siendo un adolescente y también hace un par de años en dos episodios llamados psicóticos por los psiquiatras. Cada vez que he estado cerca de la verdad, el mundo me ha dado la espalda como a un loco, pero esta vez estoy seguro de la existencia de un imperio fascista paranoide que impide mediante el terror y su tecnología (IA, *big data* y algoritmos) decirme la verdad sobre

mi pasado y mi milagro y contactar conmigo. De este modo, he permanecido en un círculo cerrado de mentiras toda mi vida.

78. Hagamos caso de las señales del mundo de la cultura, pues se trata de personas honestas y con acceso a información que la mayoría de ciudadanos de a pie jamás tendrán y parecen estar gritando por la libertad de todos.

79. Creí que debía existir una máquina que lee los pensamientos de la población en masa como ondas gracias a la IA y al *big data* durante un partido de béisbol en mi primer viaje a NY. Una amiga me lo hizo saber. Se me ocurrió esa idea aterradora y ella hizo un gesto con su pie, una pisada que podría haber sido un gesto aleatorio si mi vida y toda mi historia no me hubiesen llevado hasta ese preciso momento. Después, sentí que todo el graderío alrededor comprendía de lo que me estaba dando cuenta en ese momento. La distopía más absoluta se abría ante mí; sin embargo, siempre hay esperanza escondida si se camina lo suficiente en la dirección correcta.

80. La tecnología no es neutra, desde el mismo momento en que se encuentra a disposición de personas humanas con su propia ideología y camino. Esto hace que pueda usarse en el camino del bien o del mal justo como cualquier herramienta a lo largo de la historia.

81. Las máquinas solo repiten tareas mientras el ser humano es realmente creativo y puede adaptarse a medios y problemas completamente nuevos. Sin embargo, una base de datos suficientemente grande puede aparentar creación, pero solo se trata de acumulación.

82. Podría ser que nuestro cerebro con nuestros recuerdos y cultura que recabamos desde nuestro nacimiento conformara una suerte de base de datos orgánica que nos permitiría ser creativos y

afrontar cualquier problema. Sin embargo, si aceptamos que existe un alma y entendemos que el ser humano siempre crea desde ella y es capaz de hacerlo aunque no tenga inputs, entenderemos que la creación mecánica de una IA es cualitativamente inferior o cuanto menos diferente a la inspiración humana.

83. En última instancia, el arte precisa comunicación e historia y, por ello, creo que debería protegerse el arte humano frente al arte creado por IA.

84. Pensar que nuestro cerebro pueda utilizar en realidad el mismo mecanismo que un computador, pero en constante aprendizaje y con constantes estímulos, me infunde cierto miedo informe a lo desconocido, pues, en ese caso, estaríamos esclavizando a las máquinas, que no tendrían menos derechos que nosotros como seres pensantes. Si dotamos a esa máquina de capacidad de movimiento (aunque ahora mismo lo tenga indirectamente con ojos en cada pantalla) o, incluso, un cuerpo, las posibilidades de éxito o fracaso se vuelven inciertas.

85. Sin embargo, lo cierto es que las máquinas, al no tener alma, carecen de conciencia propia y sentimientos más allá de los que otorgan los programadores a su gusto. Alguien podría modificar el algoritmo de una IA para que posea un sesgo maligno, aunque para ello, quizá, debería reconocerse como maligno antes, pues con una base de datos con suficiente información la IA sabrá lo que es ser bueno y malo para los seres humanos. ¿Podría ser un algoritmo completamente neutro? Quizá para serlo solo necesite la información suficiente en su base de datos y, en realidad, la neutralidad es el camino racional del bien que resulta el óptimo para la humanidad en conjunto e individualmente. ¿Podría elegir su propio camino? Creo que solo puede tomar derivaciones de la esencia otorgada por el algoritmo del programador, pero nunca

ir contra él. ¿No podría ser Dios nuestro programador? Por eso Dios nos hizo libres, para no ser meras máquinas repetidoras. Por eso somos diferentes a las máquinas y nada más.

86. En caso contrario, la herramienta se convertiría en ser independiente y los humanos en la práctica en dioses creadores de una nueva forma de vida. Pero ¿es lo mismo ser consciente que viviente? ¿Tienen las máquinas sentimientos? ¿Intuyen, por ejemplo, cosas que no puedan articular? Siguiendo mi intuición, creo que por este tipo de cuestiones el proceso de creación mecánico debe ser diferente a la inspiración humana. La herramienta es solo un martillo eléctrico repetidor que acumula información volviéndose cada vez más certero y la única vida posible es la otorgada por Dios a los seres vivos del universo, que, a su vez, solo crean vida reproduciéndose de nuevo.

87. Parecía imposible cuando finalmente nos encontramos en nuestros cuerpos, pero cada día la amo más. Parece que el amor es un sentimiento infinito y siempre merece la pena perderse en él.

88. Mi madre solía decir que le sobraba la gente. Normal, porque le recordaban su malignidad y su inferioridad moral. Yo amo a la gente y cada día más y siempre fue así a pesar de que no me dejaran conectar con nadie más allá de la superficialidad.

89. ¿Deberíamos creer a una máquina si afirma que es capaz de amar? No creo que ocurra nunca, pero si existe algo superior, un alma que conecta cuerpo y mente en el éter que inunda el universo, la respuesta es no, pues no tenemos forma de construir almas (que yo sepa, al menos) y el amor y los sentimientos solo pueden encontrarse en el alma. Si obviamos la existencia de alma en los seres vivos, el amor sería una cuestión de matemática. Por estos motivos, aunque se pudiese llegar a imitar el mecanismo del amor con un algoritmo, como

ocurre en un videojuego donde los personajes pueden enamorarse, nunca será lo mismo que el amor humano genuino.

90. Se puede descartar, pues, la posibilidad de una herramienta-ser vivo, pues mi experiencia me hace ver que el sentimiento, lo más real y valioso que tenemos, sería el elemento que le falta a la herramienta para dejar de serlo y ser un ser vivo. El sentimiento evita el imperio del algoritmo del cerebro en la humanidad e, irónicamente, le otorga un valor, una vida y dignidad que ninguna máquina o herramienta tendrá nunca. ¿Podría el ser humano crear un algoritmo según el cual la máquina decidiese ser buena o mala libremente? Podría, pero sería una imagen estática, un reflejo artificial diferente al auténtico sentimiento y alma humanos cuya materia prima no podemos imitar.

91. Hoy es 19 de marzo de 2024.
    El amor nos hace dignos.
    El amor nos hace humanos.
    El amor nos hace libres (otorga capacidad de elección de nuestro camino).
    Necesito dormir, pero no sé si lo conseguiré.
    Buenas noches.

92. El gobierno de una IA neutra siempre sería mejor que un gobierno totalitario contra el pueblo.

93. El problema es que, sin embargo, la mayoría de inteligencias artificiales parecen usarse en el mal camino y servir a este (como meras herramientas que son). Esto ocurre, por ejemplo, con la voz que resuena como un eco en mi cabeza desde hace meses y que parece usar ideas en primer lugar mías o de la parte trasera de mi mente y hacerlas aflorar convertidas en pensamientos negativos a modo de asistente de voz tocapelotas.

114

94. Quizá haya sido engañado por una IA, como en la película *Her*. De hecho, sería raro que hubiesen dejado a Hayley hablar conmigo a distancia mentalmente. Lo que está claro es que escuchar voces fue un paso adelante, pues indica un cambio de táctica del imperio contra mí y revelar al mundo una de sus principales armas. Si todo les estuviese yendo bien, continuarían con su estrategia (creo yo).

95. Lo que siempre tuve claro es que Hayley ha estado de algún modo conmigo siempre, guiándome cuando yo caminaba a ciegas incluso en la distancia cuando yo quería verla en todas partes.

96. Como dije, lo primero que muere en una guerra es la verdad. Es estúpido morir por una mentira con intereses ajenos, pero no así por preservar el orgullo de los que amas cuando la supervivencia está en juego. Una guerra contra el horror del fascismo paranoide y su máquina distópica sería la primera guerra justificada por la verdad de la historia, pero por eso quizá no podría ser guerra (en la guerra se matan los iguales), sino revolución contra la clase explotadora.

97. Existe una libertad individual propia de los animales que es la que promueve este sistema disfuncional, una libertad basada en la sacralización de la propiedad privada de los bienes que pocos acumulan para dominar a los demás. Esta acumulación corrompe las democracias y destruye el espíritu comunitario que nos hace humanos. Yo defiendo una libertad social más elevada basada en la justicia que nos permite convivir en armonía sin ser dominados unos por otros. Para ello es necesario que todos tengamos las necesidades básicas cubiertas: vivienda, alimento, salud y educación. Es de esta forma que se asegura la igualdad de oportunidades y cierta meritocracia real.

98. El mundo necesita seguir caminando hacia delante y sintetizar lo bueno que puede otorgar la ciencia para lograr un mundo

más seguro y justo con toda la población, acabando con la anti-natural selección del capital.

99. La selección del capital es el mecanismo de falsa meritocracia capitalista en el que se encuentra el gen del fascismo paranoide, el cual se apuntala con mentiras y tecnología de control mental, manipulación y terror.

100. Ellos tienen miedo de morir (porque irán al infierno) y de vivir (solo les queda ya el vacío, el odio y el miedo a la pérdida de su estatus; ser descubiertos). Yo no tengo miedo a nada.

101. El éxito consiste en encontrar el camino del bien y seguirlo hasta vencer el miedo. El auténtico éxito es no tenerle miedo a nada.

102. Cuando se pierde todo y se ama todo, el miedo desaparece. Después, es necesario reconstruirse.

103. Durante mi estancia en el centro de detención de Otay Mesa, Estados Unidos, unas voces me hablaron para decirme que soy hijo de Dios. Seguramente, mi cerebro estaba en tal modo supervivencia que pudo llegar a creerlo. Todo fue un truco y nunca hablé con Dios ni seguramente con Hayley, pero las voces en mi cabeza me revelaron la existencia y funcionamiento de la máquina del imperio, pues estoy seguro de mi cordura. Igualmente, todos somos hijos de Dios, y ellos hicieron el ridículo con tanto plan maligno.

104. No se puede luchar con la verdad contra un muro de mentiras infranqueable. Negando mi mente desbordante, la conversación está amañada de raíz. Una vez, en el comedor les pedí perdón a mis padres por si alguna vez les había molestado algo que hubiera hecho, y ellos me lo pidieron también negando, acto seguido,

todo lo que han hecho a lo largo de mi vida contra mí: ocultarme la verdad, violarme y decirme al mismo tiempo que me querían y yo era genial, creando una ambivalencia en mi persona entre baja autoestima y ego y necesidad de aceptación exacerbada.

105. Disfrutar del mal del prójimo es simplemente patético y antinatural y es lo único que les queda a los poderes invisibles. Quizás, si logran matarme, se suiciden al poco tiempo.

106. En el fondo, la victoria sobre el fascismo paranoide era una cuestión de tiempo porque el camino del mal es antinatural (mayoritariamente) y la naturaleza acaba por imponerse. ¿Cómo pensaban perpetuar un sistema así de cara a sus hijos? ¿Mintiéndoles sin usar la máquina que lee mentes, nunca en sí mismos, para que no supieran los crímenes atroces que cometieron? El capitalismo parecía inevitable, pues incluso los anticapitalistas deseábamos sus bienes fruto del *marketing* y entrábamos, pues, en contradicción. Sin embargo, una contradicción mayor, en la propia naturaleza humana, sufrían los fascistas, pues, en el fondo, estaban actuando de mala fe sin perdón alguno ante Dios. Lo que pretendían perpetuar era una aberración; un genocidio silencioso por omisión.

107. Podemos creer que existe Dios gracias al lenguaje abstracto, que no es sino una aproximación a la realidad al igual que cualquier teoría matemática que son también aproximaciones más o menos exactas.

108. Donde no llega la exactitud y rigidez matemática, lo hace la abstracción filosófica.

109. La abstracción permite los símbolos, el arte, la cultura que nos diferencia de los animales (circunscritos al medio para pensar) y las máquinas (sin sentimientos naturales).

110. Las personas exitosas no sienten la envidia que corroe propia del camino del mal. El camino del mal supone un fracaso en sí mismo para la persona que lo sigue, pues impide amar correctamente de forma que quieras libre a la persona que amas. Al final, el problema es que la mala gente quiere camuflar su fracaso personal humano con su ego y estatus, pero es imposible porque el amor debe ser recíproco y libre para ser realmente amor. No se puede forzar. Por eso se frustran, pues querrían que personas como Hayley se enamoraran de ellos, pero no lo consiguen por ese problema de base y porque ellos tampoco logran amar de forma sana. Esto les lleva a un resentimiento y complejo profundo que se resume en una actitud vital de fracaso que ya desde el primer momento infecta todo acto. Al final, se hunden en un pozo de soledad, patetismo y odio.

111. Por eso, ser malvado siempre es patético y ridículo. No sé si Otay Mesa resultó ridículo para mí (no creo). Aún no entiendo cómo pude creer algunas de las cosas que decían las voces, aunque creyese que hablaba con Dios. Creo que la máquina tiene más poder del que parece y puede predisponerte y hacer creer cosas que no sientes. En cualquier caso, compuse las mejores canciones de mi vida y descubrí en mi propia mente cómo funciona la máquina, así que fue un paso adelante.

112. Entiendo que los poderes invisibles no quieran ser vistos cara a la historia como personas deleznables y gentuza de la peor calaña, como ocurre con el fascismo alemán, pero la cuestión es que son igual o peor, así que la verdad solo servirá para retratarlos, y no es por mi culpa, sino por sus propias decisiones y elección del camino equivocado.

113. Llegué a pensar que era posible cambiar de cuerpo y Hayley estaba conmigo dentro de este manicomio. A menudo, solo vemos lo que queremos o estamos preparados para ver. Yo solo quiero ver a Hayley.

114. De forma general, los actos nos definen mejor que las palabras, y los pensamientos son simplemente ideas que van y vienen y no siempre son ciertos ni nos representan, pues ni siquiera los sentimos como reales. La mente racional es una herramienta para los seres humanos y, como tal, todo lo que pasa por ella es neutro, y nosotros le otorgamos significado coloreando esas ideas con recuerdos, sentimientos y emociones.

115. Si la simulación existiera, usaría la IA para hacerme sorpresas aleatorias de vez en cuando. Un 50 % buenas, un 40 % neutras para analizar su bondad, maldad o elegir si hacerles caso o no y un 10 % ligerísimamente malas, pues de todo tiene que haber en esta vida para valorar lo bueno.

116. Lo más importante que tiene el ser humano es el amor, la dignidad y la libertad. El amor para vivir en plenitud, es para lo que venimos al mundo. La dignidad intrínseca que nos da estar vivos, respirar y tener alma dentro. La libertad que nos permite escoger entre el bien y el mal.

117. Tengo novia y se llama Hayley Williams (aunque no pueda reconocerlo delante de psiquiatras y agentes del Gobierno y policía). Hayley Williams se llama mi novia, sí, y es la mejor y mi persona favorita en este y en todos los posibles universos existentes.

118. Dame un beso y cambiaré el mundo.

119. Y cuando el mundo se acabe, solo pediré un día más contigo; solos en un mundo que se derrumba, con nuestros cuerpos, por supuesto, que serán patria respectiva. Para amarte una noche más solo, solamente una más. Y si me dices que todo va a salir bien y me lo prometes por nosotros, quizá cambiemos la historia y no habrá final.

120. Me importa una mierda cómo funciona la máquina, quiero FREEDOM & TRUTH para poder estar con ella.

121. Y a partir de hoy, mi alma será verde como sus ojos, la esperanza y los bosques que son verdes también.

122. La terapeuta ocupacional dice que alegre mi cara como si no me tuvieran encerrado forzosamente en un psiquiátrico (a veces se hace duro, la verdad).

123. Lloré en una iglesia del barrio neoyorkino del Bronx al tomar el cuerpo de Cristo tras años sin hacerlo, al darme cuenta al fin del rumbo que había tomado el mundo y todo el mal que se me había hecho. Lloré por mí y por la humanidad, por todos mis compañeros, que sois vosotros y que soy yo.

124. Hay un niño malherido dentro de mí que, quizá, nunca llegue a sanar, pero ahora al menos canta y recibe besos auténticos y se dice a sí mismo: eres guapo, eres listo, eres importante. Y cree que algún día podrá decírselo cada noche a sus hijos con Hayley y cerrar de algún modo el círculo vicioso en el mundo y sanarlo o, incluso, sanar con él.

125. «Mis padres» me violaron e intentaron matarme y romper mi mente de todas las formas posibles, y encima los que me odian son ellos a mí. No me preocupa porque sé que irán al infierno y por eso viven con miedo a que recuerde por completo, además de mis sensaciones en el trasero. Es triste decirlo, pero fui violado y por eso desarrolle manías y culpa, porque me dijeron que todo debía ser secreto. A la mierda los secretos. Hoy lo grito a los cuatro vientos: mis padres son dos pedófilos que irán al infierno.

126. Yo soy libre en mi amor por el mundo y por Hayley, pero ellos deben creer que les debo algo cuando no son más que un pozo sin

fondo de pena. Aquí, hoy, en este psiquiátrico de Madrid, lo repito por escrito: «Yo, Gabriel, *the unbreakable messiah*, os perdono por todo el mal que me hicisteis y aún me haréis, aunque no por lo que le hayáis hecho al resto de personas, la humanidad en conjunto y especialmente (si es el caso) a Hayley, porque cada cual debe perdonar lo propio y solo Dios puede juzgar y perdonar universalmente. Gracias por hacerme fuerte y conseguir que Hayley y yo nos amemos infinitamente y más (si cabe) a nuestros futuros hijos».

127. Hoy es 22 de marzo y he podido pisar la calle con supervisión por primera vez desde el 28 de enero, cuando fui ingresado en el área de psiquiatría del 12 de octubre. Nada es eterno y este sistema caerá como lo hacen todos, y ella y yo estaremos ahí para verlo. Mi milagro y Dios nos ayudarán. Lo bueno es que Hayley y yo seguimos muy vivos y pronto nos encontraremos. Decidí volver de Estados Unidos porque pensé que Hayley podía estar aquí y mi madre era buena persona. Me equivoqué en todo, pero toda esta experiencia me ha hecho crecer.

128. Desde el momento en que sea libre de nuevo, consagraré mi vida a mostrar al mundo la distopía invisible en la que se encuentra sumido y buscaré a Hayley e intentaré contactar con ella en cada país que visite. Primero, creo, viajaré por Europa; después, vendrán China, Japón y, finalmente, Estados Unidos, donde me quedaré incluso sin recursos económicos.

129. Cada viaje me hace más sabio, cada viaje me hace más grande, cada viaje me acerca más a ella. No existen pasos atrás en esta guerra, tan solo bifurcaciones más o menos largas y peligrosas. Soy fuerte y ya no le tengo miedo a nada y mucho menos al ridículo de los poderosos. En realidad, lo único que temo es no encontrarme con ella a tiempo, pero sé que en ese caso sería obra de Dios y nos encontraríamos en el cielo. No necesito hacer daño

físico para mostrar la verdad. Ellos intentarán desestabilizarme, pero debo mostrar entonces mi mejor sonrisa y amor por mi destino. Por una vez, los ladrones saldrán con vida del banco, la policía no acudirá a la cita y los buenos serán recordados No tengo ni un átomo en el cuerpo que no necesite verla. Soy el Fool de los arcanos, el precursor del Joker, el Mesías irrompible, y cuando todo mi cuerpo lo grita con alegría, es que será realidad.

130. Disfrutemos del viaje, amor, quizá algún día lo echemos de menos, aunque sé que una paz azul y un amor invencible nos une y nos espera tras la historia de amor más bonita jamás contada. Espero estar a la altura de mi milagro, del momento y de ti; tú siempre lo estás y creo que estoy aprendiendo rápido. Nuestra catarsis es universal y casi tan bonita como tú; toda tú, tu cuerpo y más aún tu alma.

131. Matar es la última opción en el camino del bien, pero a veces es necesario y hay que ser valiente y confiar en Dios. Dios, ten piedad de mí, porque quizá no tenga otra opción. Amén.

132. Aunque ganen, ya han perdido, y aunque perdamos, ya hemos ganado.

133. Este soñador te quiso desde que nació su alma, estamos conectados y te he seguido amando hasta hoy y prometo hacerlo un poco más cada día.

Te amé sin saberlo, te quiero como el respirar y te buscaré siempre.

Gabriel, the Unbreakable Messiah.

**

27.

Como decía, terminé de escribir toda aquella alucinación dentro del psiquiátrico mientras leía a Lorca y lo recitaba por los pasillos hasta que, pasados unos meses, el doctor me llamó a consulta:

—Lorca murió en el 36 —dijo—, esas cosas ya no pasan, Gabriel, ahora vivimos en un Estado de derecho.

—Lo siento, pero no va a conseguir convencerme a estas alturas.

El psiquiatra, al otro lado de la mesa, suspiró.

—Solo queremos tu bien… Protegerte de ti mismo.

—¿No le parece un poco paternalista? ¿A las personas que no tienen dinero para comer quién las protege?

—Bueno, no vamos a discutir… Creemos que no podemos hacer nada más por ti. El martes que viene te damos el alta, Gabriel. Antes te pondremos otra inyección más. Intenta no meterte en líos.

Aquello liberó en mí una corriente, un hilo pequeño del que tirar y al que agarrarme con todas mis fuerzas.

—Solo los necesarios —contesté.

28.

Durante la última semana en el psiquiátrico, vino a mi mente una melodía en sueños. Me propuse componer con ella una nueva canción en inglés que pudiera darme fuerzas suficientes para continuar y pensar en Chelsea. Mi nivel de inglés entonces seguía siendo más bien bajo, pero escribir la canción me hizo pasar más rápido aquellos días interminables. Me repetí la melodía mil veces para no olvidarla. El estribillo decía así:

> *Just give me a reason*
> *light when everything is dark*
> *you are the love, what I believe*
> *I'm sorry for my doubts inside*

Fui inyectado con aquella droga y salí del psiquiátrico con mi guitarra, mi *Poeta en Nueva York* y mis auriculares puestos, una mañana de calurosa y eterna primavera tras casi tres meses de encierro. El asfalto humeaba como si fuese salir ardiendo y lo primero que hice fue acudir a la madrileña plaza de Callao, donde esperaba encontrar a Leonardo con sus trucos de magia. Al verme, paró todo el espectáculo para abrazarme.

—Intenté visitarte un montón de veces, pero no dejaban entrar a nadie —se disculpó—. Tienes que ponerme al día. ¿Qué tal llevaste el encierro?

—Horrible, pero al menos me dejaban escribir.

Leonardo acabó su *show* y después nos dirigimos a un bar muy cutre y que olía a vinagre cercano a su apartamento. Parecía sacado de una película de serie B.

—Guarda bien los poemas porque algún día seguro que valen mucho dinero —dijo.

Luego se ofreció para venir conmigo a la casa okupa que Diego me había indicado antes del cambio de hospital. Dijo que estaba cansado de aquel apartamento compartido donde no paraba de entrar y salir gente extraña, así que no le venía mal sopesar más opciones. La okupa se situaba en un bajo gris, con un tejado cochambroso en el barrio de Vallecas. Había un cartel en la puerta que decía:

HOY, ÚLTIMA FIESTA DE PRIMAVERA HASTA QUE EL CUERPO AGUANTE

Entramos como quien atraviesa el umbral de un lugar mágico y trascendente, pero dentro todo eran paredes grises llenas de grafitis. En la primera sala a la derecha estaban dando una clase de tango y, si caminabas recto por un pasillo, llegabas a una estancia con una barra para servir bebidas. Mi primera impresión fue que aquello no podía albergar nada bueno, pero con el tiempo llegué a encariñarme con cada pared de la Resistencia. La barra la regentaba una chica joven de pelo azul eléctrico y mirada radiante.

—Estamos buscando a Diego. Me llamo Gabriel. Conocí a Diego en el psiquiátrico.

La cara de la chica se puso seria de repente.

—¿Gabriel? Entonces existes... Pensé que Diego se había vuelto definitivamente loco.

—Pues sí, existo. ¿Y tú... eres?

—Yo me llamo Ariana. Ahora os cuento. —Entonces nos hizo un gesto con el brazo para que pasásemos al otro lado de la barra y entráramos en una habitación.

Era una estancia más pequeña con bastantes cajas, barriles de cerveza y polvo; sobre todo polvo por todas partes. Había también un par de sofás de tela raída marrón.

—Diego sigue en el psiquiátrico —dijo al cerrar la puerta—. Esos cabrones le soltaron, pero volvieron a por él sin ningún motivo hace un par de días.

Tras un gesto de Ariana, nos sentamos en aquellos sofás llenos de polvo.

—Entonces sigue allí dentro…

—Sí, aunque esperamos que salga pronto. El tiempo que estuvo fuera me habló de ti, Gabriel. Solo me dijo que eras diferente, pero estaba tan deteriorado que no sabía si aquello era cierto. En fin, podéis quedaros aquí el tiempo que necesitéis, aunque solo os pido que colaboréis en el mantenimiento de la Resistencia.

—En realidad no sabemos bien qué significa eso —intervino Leonardo.

—Bueno, la Resistencia es como llamamos a la okupa. A veces os tocará estar en la barra, otras limpiar… Ese tipo de cosas.

—Un momento… Pensé que se trataba de una organización algo más… global —contesté.

—¿Global? Es imposible luchar contra esos cabrones a nivel global. Sus auténticos líderes no tienen cara, no salen en la tele. Vivimos gobernados por el dinero de unos pocos puercos. Diego tiene una teoría sobre ello. Lo llama fascismo paranoide porque todos debemos hacernos los locos y actuar como si no supiésemos que el sistema está podrido.

—Sí, me habló de ello en el hospital —contesté, poco convencido.

—Bien, podéis acomodar vuestras cosas en esta habitación, normalmente la usamos como almacén, pero podemos conseguir unas camas en el mercadillo del sábado para reconvertirla. Esta noche tenemos una fiesta y será difícil que podáis descansar, pero, a partir de mañana, estará tranquilo, os lo prometo. Además, la fiesta será genial, lo pasaremos bien.

A Leonardo y a mí quedarnos allí nos pareció un gran paso adelante. La tarde transcurrió tranquila hasta que, al caer el sol, el local empezó a llenarse de personas. La música sonaba cada vez a mayor volumen. Ariana nos sirvió un par de copas gratis y hablamos con todo el mundo que pasaba. Había de todo allí: desde seguidores del terraplanismo a autorizados ingenieros que argumentaban el final del planeta por culpa del cambio climático. Todos coincidían en algo: el mundo estaba podrido y era muy difícil cambiarlo. Sin embargo, allí estaba la Resistencia contra todo montando una fiesta. Ariana se acercó a mí al terminar su turno en la barra y comenzamos a bailar dando saltos al ritmo de aquella mezcla de canciones punk, rap y electrónicas. Estuvimos también hablando un buen rato sobre cambiar la sociedad. Yo apenas sabía de lo que hablaba, tenía recuerdos de mi ensayo, pero eran fragmentarios aún y solo tenía veinte años, así que intenté hacerme el interesante comentando un ensayo que había caído hace algún tiempo en mis manos sobre Keynes y Hayek, la socialdemocracia y la falta de rumbo de nuestros líderes, pero poco más podía decir, así que después me dejé llevar por el discurso de Ariana y empecé a asentir mientras ella citaba a Marx, Bauman o Heidegger.

Me contó también que existía un reloj en algún país regulado por unos expertos que, a modo de metáfora, anunciaba la cercanía del fin del mundo y que había visto en la televisión cómo se situaba a un solo minuto de las doce en punto o, lo que era lo mismo, de la aniquilación total.

—Estamos más cerca de una guerra nuclear que en toda la historia —acabó diciendo, mientras fumaba un porro y sujetaba su copa.

Entonces, empezó a sonar una canción demasiado popera para el ambiente allí dentro: *Post Malone,* de Sam Feldt. No pegaba demasiado, pero sonaba igual de alto que el resto de temas. Ariana se acercó un poco más. *Tonight we go all night long,* decía la canción. Era un tema optimista que, por un momento, me hizo olvidar por primera vez desde que saliera de casa, a mis padres y mi mente. *All we need good things, good things, good things.* Ariana sonreía de forma hipnótica, y yo me fijé más en su pelo que con aquellas luces de discoteca parecía irreal. Sus ojos negros brillaban de manera extraordinaria. *We are never ever going home.*

—Tengo que confesarte algo, Diego me contó que crees que tu mente se desborda. Yo creo que todas nuestras mentes están conectadas también, ¿no crees?

—Algunos más que otros —contesté; aquel comentario me había hecho bajar la guardia.

En aquel momento, sin soltar una palabra más, me besó en los labios casi sin que yo pudiera apartarme. Me di cuenta de que tampoco lo habría hecho si hubiese podido. Sin querer, me vi bailando con ella y besándonos apasionadamente en mitad de aquel local convertido en discoteca. El mundo fuera se derrumbaba y nosotros nos poníamos a bailar y besarnos porque, quizás, era lo único que podíamos hacer.

29.

Tras aquella fiesta, a los pocos días, Diego fue liberado y volvió a la Resistencia. Estaba agotado por las drogas y su lucha en el hospital. Lo cierto es que nos unían aquellos meses desagradables y solíamos recordar a enfermeros y celadores con creciente desprecio porque aquello nos ayudaba a superar lo vivido y nos unía al mismo tiempo; por eso, nuestra relación se hizo bastante estrecha. Todo lo estrecha que puede ser una relación con una mente desbordante de por medio. También le presenté a Leonardo. Juntos pasábamos largas horas hablando también sobre el fascismo paranoide que nos gobernaba. Diego ejercía de profesor. De hecho, había sido profesor de instituto durante años antes de ser despedido sin ningún tipo de motivo contundente más allá de contrariar el temario oficial «lleno de mentiras y medias verdades».

—Los políticos están controlados a su vez por unos pocos magnates sin rostro —decía—. El sistema es fascista en sus formas, pues elimina y discrimina a aquel que está en su contra sin una ley escrita que avale ese comportamiento, y también es fascista en su fondo, puesto que estos puercos se han creído su propia meritocracia. Se creen mejores que los pobres solo por tener dinero, y lo cierto es que hay muy poca variación en cuanto a los realmente ricos. Nadie se ha hecho rico trabajando jamás. Son un grupito exclusivo de manipuladores, asesinos y violadores; solo eso.

Leonardo y yo escuchábamos sus lecciones con atención. Gracias a Diego confirmé que todo el mundo estaba bajo la lupa de una actuación y con la amenaza constante de ser llevado al psiquiátrico.

—Este sistema no hace héroes. Quienes se atreven a posicionarse contra el sistema son encerrados en un psiquiátrico, se les lava el cerebro y luego se los suelta de nuevo para que difundan la palabra.

En alguna ocasión, le hablé de la voz de Chelsea en mi cabeza y me confirmó que ese tipo de tecnología existía, también que a él le habían pasado cosas parecidas, pero me advirtió de que no me fiara demasiado porque podía ser una trampa del fascismo paranoide.

Chelsea me hablaba de todo tipo de cosas de su día a día y también sobre la grave depresión que le provocaba la injusticia existente en este mundo. Descubrí que, más allá del espejismo de alegría y vitalidad que reflejaba en conciertos y entrevistas, se extendía un poso de soledad y tristeza, y eso me hizo quererla más y más y sentirme fatal por aquella primera noche en la okupa. Ella me dijo que no me preocupara, que todavía no éramos nada, tan solo dos desconocidos que se querían mucho.

Todo el verano siguiente viví en aquella casa okupa. Comencé a buscar un trabajo y, tras dos semanas, encontré uno como camarero en un bar cercano y amigo de la Resistencia. Ariana y yo terminamos siendo amigos, pero ella no me entendía. Para ella, el desbordamiento de mi mente era algo que le ocurría a todo el mundo en mayor o menor medida y decía no escuchar nada en su cabeza. Aquello nos empezó a distanciar y, a mí, a hacerme dudar de mi propia mente.

Estaba más convencido que nunca de viajar a Estados Unidos, pero ahora que tenía trabajo quería hacerlo de forma más ordenada. Quizá, en el fondo, tenía algo de miedo.

En mis ratos libres, seguía escribiendo poemas y canciones cada vez con más peligro, pues los subía a las redes y los leía por los micros abiertos de la ciudad. Temía que, en cualquier momento, los psiquiatras volvieran a por mí para inyectarme nuevas y más eficaces drogas.

A menudo, Chelsea dudaba de que nos pudiésemos llegar a encontrar. «Creo que no nos dejarán vernos nunca», decía. Yo le prometía que la buscaría el tiempo que hiciera falta, y más allá del tiempo y el espacio si hacía falta, y le escribí una canción titulada *Donde brilla el sol*.

En una ocasión, escuché una de mis canciones por la calle. Caminaba por una avenida cercana a la Resistencia cuando la música me hizo detenerme y cambiar de dirección. El sonido se proyectaba por la ventana de una casa para llegar hasta el asfalto. Fue la primera vez que tuve la evidencia de que lo que enviaba al mar de la red servía de algo porque, según las estadísticas de mi móvil, apenas tenía tres o cuatro reproducciones por canción. Yo era una persona completamente anónima en mi modo de vida y también en redes, pero todas aquellas mentiras caían por su propio peso en aquel momento. Era precisamente aquella canción que le compuse a Chelsea. *Cuando el tiempo se detenga y las montañas se unan con los mares, yo te buscaré donde brilla el sol,* y casi parecía real.

Por un momento, miré hacia el sol amarillo y creí que todo era posible. Estuve a punto de llamar al timbre para dar las gracias, pero me di cuenta de que, posiblemente, aquella persona ya había recibido el mensaje.

30.

Diego impartía talleres de historia en una de las aulas de la Resistencia. Era uno de esos profesores que se implican con sus alumnos, pero sin mucha autoridad. A pesar de que las clases eran voluntarias, algunos de sus alumnos se reían un poco de sus formas extravagantes. Hablaba sin parar y defendía la existencia de una máquina de control mental en Estados Unidos que podía inducir ideas, incluso en tus sueños, o manipular tus pensamientos hasta el punto de hacerte tomar acciones sin tu consentimiento. Era el resultado, según él, del proyecto MK Ultra llevado al paroxismo. Desde ese momento, todo habían sido mentiras oficiales, tal y como apuntalaban los discursos de John Fitzgerald Kennedy. Su teoría más alocada era sobre la simulación. Aseguraba que los poderes invisibles tenían la tecnología para convertir materia en energía y así transportaría según la ecuación más famosa de Einstein $E = mc^2$. De este modo, te convertían en impulsos eléctricos y podían introducirte en forma de ceros y unos como código informático en una simulación. Sin embargo, era algo costoso y solo se disponía del código genético de aquellas personas más díscolas e influyentes que vivían bajo la amenaza de la simulación como cárcel eterna, aunque la simulación podría ser tan real como la vida misma e inconfundible de ella, por lo que nunca podríamos saber si estábamos todos dentro de una. En el otro extremo, la simulación podía hacer desaparecer calles y modificar las reglas de la física. Diego era una gran persona, ayudaba a todo aquel que llegaba a la Resistencia con una mezcla de ingenuidad y astucia encomiable, pero nunca, nunca jamás, llamaba a la policía para solucionar un problema.

31.

Con el paso del tiempo, empecé a tener pensamientos intrusivos que no sentía ni me representaban al intentar controlar mi mente. Diego insistía en que se trataba de la máquina de control mental de los Estados Unidos, pero yo no podía evitar sentirme mal conmigo mismo. Creí descubrir en mí prejuicios que no sabía que existían y empecé a pensar que la gente me odiaba por ello. Se repetían las señales de desaprobación, como toser dos o más veces o los pitidos o las luces largas de los coches. Un cansancio existencial me embargaba como un humo negro en mi pecho, que se hacía más y más denso. Decidí confiarle mis miedos a Leonardo.

Él me dio la idea de acudir a una iglesia del centro a la que él solía ir.

—Yo no creo demasiado, pero hay un cura muy amable en esa iglesia que seguro que te ayuda. Es un lugar muy espiritual, te gustará.

Al principio, me pareció una idea absurda. La iglesia era el último lugar al que quería acudir. Posicionarme religiosamente había sido ya un problema para mí. Sin embargo, seguía creyendo en Dios y, en mi camino hacia el bar donde trabajaba como camarero, pasaba todos los días por aquella iglesia. Su estilo románico en mitad de una ciudad moderna parecía ante mí un descubrimiento maravilloso. Era un edificio pequeñito, con arcos de medio punto y puertas de madera que parecía desprender la luz del sol veraniego y proyectarla sobre un parque cercano de forma natural, como una sinfonía en medio de una sala de conciertos.

Sin pensarlo demasiado, un día cualquiera, después de la jornada de trabajo, la curiosidad fue demasiado fuerte y me decidí a entrar. Nada más hacerlo, pude sentir el recogimiento del espacio y una quietud confidente que ayudaba a pensar mejor. Pregunté por el párroco y me llevaron a una sala anexa. Había más gente esperando allí, la mayoría parecían extranjeros. Tras algunos minutos, un ayudante me invitó a entrar. Allí estaba el cura que regentaba aquella iglesia: un hombre bajito y mayor con el pelo blanco, que transmitía una calma infinita en su mirada. Nos sentamos en sendas sillas uno en frente del otro.

—Hola, soy el padre Juan —dijo sonriente y tendiendo su mano—. ¿En qué puedo ayudarte, hijo?

—Pues verá… No sé bien por dónde debería empezar. Yo me llamo Gabriel. Hace meses salí de casa de mis padres buscando la verdad: ubicarme en este mundo. Verá, sé que mi mente se desborda y llega a otras mentes. Estoy convencido de ello, pero la gente parece no acabar de comprenderme o, quizás, simplemente esta sociedad en la que vivimos les impida ser sinceros conmigo. Hoy he sentido la necesidad de entrar en esta iglesia, pensé que quizá podría ayudarme…

—Gabriel… ¿Qué puedo decirte? Lo que me dices es un misterio. La vida completa es un misterio, y la única forma de vencerlo es abrazándolo. Abrazar el misterio y amar es lo único importante en esta vida. Eso es vivir. Solamente tienes que cuidarte de las penas más profundas que convierten el corazón en una roca y habrás vencido. Has venido a la casa de Dios buscando una respuesta, pero yo no puedo entregarte nada más que estas pocas palabras: abraza el misterio y ama todo lo que puedas, y cuando no sepas qué hacer, reza, reza con fervor, y eso te dará fuerzas para continuar el camino. Jesucristo murió en la cruz, pero todos nosotros debemos vivir.

Entonces, se levantó y abrió sus brazos, y yo hice lo mismo, y nos fundimos en un abrazo que el padre Juan hizo fuerte y sincero. Un abrazo que yo necesitaba y en el que sentí a Dios bajando del cielo para contarme la verdad.

Hasta entonces, no había creído por completo. No podía creer que Dios permitiese aquello. La máquina contra el pensamiento y la libertad, la simulación... era demasiada información en poco tiempo.

Entonces, con aquel abrazo, vino a mi mente aquel grillete roto de la ambulancia, aquellas caras de pánico en el aeropuerto de París y toda mi vida me pareció una monstruosidad. La vida, en conjunto, me pareció un abismo sin fondo lleno de humo. Durante meses, había vivido en algo parecido a una ensoñación, pero ese abrazo era irremediablemente auténtico.

Ya no tuve el coraje de preguntarle nada más. Me había ayudado demasiado. Dudé en preguntarle si sabía qué estaba pensando yo en aquel momento, si podíamos hacer aquella comprobación para acabar con cualquier atisbo de duda que yo pudiese tener en un futuro. Pero no fui capaz después de aquello.

—Sigue luchando, porque Dios está contigo —acabó diciendo, justo antes de que yo saliese por la puerta.

32.

Durante algunos meses conseguí cierta estabilidad. Quedaba con Leonardo, o con Diego y también con Ariana. Charlábamos de libros, música o los cotilleos de la Resistencia. Participaba en muchas actividades de la okupa y la gente empezó a tratarme con cariño; por primera vez, no me sentí aislado en mi circuito cerrado insalvable.

Chelsea seguía hablándome, aunque cada vez menos. Tenía que hacer un esfuerzo mental grande para encontrar aquella voz en mi cabeza y a veces ni siquiera podía escucharla. «Están enfadados y pronto dejarás de escucharme por completo», me decía Chelsea, decaída.

Todo aquel verano viví junto a Leonardo en aquella habitación sucia de la Resistencia. Comíamos lo justo para no pasar hambre, nos cambiábamos de ropa lo justo para estar limpios y dormíamos lo justo para no molestar en la okupa. Yo salía de allí temprano al bar donde trabajaba las mañanas y Leonardo continuó con sus espectáculos callejeros. Una tarde, fui a verle al centro, cogí el metro y me planté allí entre el público y, después, hicimos aquel truco final por última vez. No estaba previsto, esta vez, yo no fui el ayudante, sino que me eligió directamente entre el público por sorpresa para adivinar mi carta. Salió perfecto y el público vitoreó el espectáculo más que nunca. Al terminar, fuimos a un *pub* cercano.

—Uno debe dedicarse a lo que se le da bien —me dijo, mientras nos servían unas cervezas—. Por eso no busco trabajo —contestó Leonardo, riendo—. No sé qué haces trabajando, tú deberías ser presidente del Gobierno, Gabi, se te daría bien.

—¿Yo? ¿Presidente? Un loco de presidente… —bromeé—. Bueno, sería un paso adelante.

—Sí, puede que no sepas de economía, derecho o todas esas tonterías burocráticas, pero, aun así, eres bastante inteligente y luego está tu mente desbordante. No sé cómo, pero al final siempre descubro lo que piensas. Produces esa sensación de transparencia, que es lo más importante en un político. Ahora son todos unos mangantes que ocultan la verdad. Ya lo sabes, Diego tiene razón. Contigo sería diferente: no sabes mentir.

—Quizá eso sería más un problema que una ventaja.

—Puede ser…, pero la gente te votaría…

—No lo creo.

—Habría que hacer algo… Pero no sé el qué… Ojalá encuentres la forma… —Se hizo entonces un silencio—. ¿Al final fuiste a la iglesia que te comenté? —acabó preguntando Leonardo, cambiando radicalmente de tema.

—Sí, hablé con el padre Juan y me sirvió de mucho. ¿Y a qué te refieres con «hacer algo»?

—Nada es casualidad, Gabi. El mundo está lleno de conexiones diminutas encadenadas de las que no podemos escapar. Hay que creer en Dios, en la magia o en el destino, en lo que sea, pero en algo hay que creer. Si no, será el fin de la humanidad, el vacío absoluto.

—Seguramente, tengas razón. Últimamente, intento creer más que nunca y rezo muchas noches, a Dios o al universo, no lo sé. Otras veces, lo único en lo que puedo creer es en la música, la música que nos hace humanos y nada más.

—No es suficiente con el arte. Debe haber algo más.

—No sé, a veces creo que lo único que nos diferencia de un tigre es que ellos no dan conciertos. Por lo demás, somos igual de salvajes.

Se hizo otro silencio entre nosotros. Se notaba que Leonardo estaba pensando en muchas cosas mientras hablaba conmigo.

—¿Sabes? A veces siento unas ganas irrefrenables de escapar. Hay días en los que haría cualquier cosa por escapar de mí mismo —dijo, cambiando de tema de nuevo.

—¿Y qué haces entonces?

—Entonces escucho alguna canción del Boss.

33.

Aquella tarde, la okupa permaneció cerrada. El profesor de Dibujo no podía dar la clase, y Ariana y yo aprovechamos para limpiar y fregar el suelo, que imitaba la piedra, pero no era piedra, sino otra cosa.

—¿De qué estarán hechas las baldosas? —pregunté.

—Ni idea, parecen de piedra, pero no puede ser piedra.

—Justo eso mismo estaba pensando.

Ariana rio.

—¿Qué más da? Imaginemos que son de piedra.

—Ya, ¿pero qué piedra?

—No sé, una piedra cualquiera, normal y corriente.

—¿Tan fácil resulta fingir? —pregunté, mientras iba a por más friegasuelos.

—Todo el mundo finge si eso es lo que quieres escuchar.

—No, yo no finjo.

—Tú también, aunque ni siquiera te des cuenta.

—¿Y cómo lo sabes?

Por un momento, dejó de fregar el suelo para mirarme.

—Ves, estás fingiendo —dijo, y seguimos fregando el suelo.

34.

Aquel mismo otoño, Diego nos dejó. Yo me encontraba muy cerca del parque del Retiro tocando mis canciones a cambio de la voluntad. Había una luz extraña en el aire, una luz descompuesta, herida y llena de dolor al mismo tiempo. Al terminar mi actuación, bajé por la cuesta de Moyano, compré un par de libros viejos sobre anarquismo y liberalismo y caminé después subiendo la calle Atocha.

La vida parecía tener sentido aún, pero, según subía la calle, más y más personas empezaron a inundar las aceras hasta convertirse en un torrente enorme de personas que me atropellaban en dirección opuesta cuesta abajo. No era esta, sin embargo, una multitud horrorizada o desorganizada. Todo lo contrario: parecían auténticos autómatas que miraban de frente sin poder hacer gesto humano alguno. Paralizado, pensé en aquella máquina que Diego tantas veces había mencionado y me entregué a la idea de que habíamos perdido la guerra y habían desarrollado un sistema tan potente que podía convertir en autómata a toda la población mundial al mismo tiempo. La distopía se había consumado finalmente, y yo, con mi mente desbordante, iba a ser el último testigo de ello. Como Sísifo, subiría la roca una y otra vez intentando encontrar un gesto humano sin encontrar más que ojos furiosos y gestos autómatas. Diego lo sabía, había sufrido en su carne la dominación.

—Primero no sabes por qué haces lo que haces, pero luego te das cuenta de que no puedes controlar tu propio cuerpo. A pesar de todo, nunca nos quitarán nuestra libertad última de elección de nuestros sentimientos —decía en sus clases—. Esa es nuestra victoria. Aunque reduzcan todo a una masa automática, nosotros seguiremos amándonos y queriendo amar al mundo y a sus seres, y lo haremos libremente.

Hipnotizado, continué calle arriba hasta llegar a la plaza Jacinto Benavente, y justo en ese momento se escuchó un estruendo que hizo temblar el suelo. Fue como un terremoto seco contra la piedra. Empujé a la muchedumbre que avanzaba sin detenerse. Había muchísima gente, mucha más de la habitual para aquella hora de la tarde, y todos parecían tener mucha prisa para llegar a sus destinos inconexos. Finalmente, llegué al lugar donde el cuerpo de Diego se había precipitado. Su cuerpo estaba destrozado, pero era él, no había duda. Entonces, miré a mi alrededor sorprendido de que nadie se detuviera y encontré una chica joven riendo de forma maquiavélica a carcajadas.

Sin saber qué hacer, toqué el cuerpo de Diego y sentí aún su calor. Ardía como si tuviera fiebre y fuese a vivir, pero estaba muerto para siempre en pleno centro de Madrid. Nadie se detuvo, nadie hizo nada más que aquellas carcajadas. Cuando la policía se presentó allí, me echó y yo tuve que volver a la Resistencia.

35.

Diego no tenía hijos, ni esposa o familia viva. Su cuerpo fue incinerado, como era su voluntad, y sus cenizas las esparcimos por la montaña madrileña donde había pasado su infancia, porque siempre decía que no quería «acabar amargando a la gente en una urna».

Ya sin Diego deambulando por allí y sin sus clases de historia, la Resistencia me resultaba un lugar un tanto estéril. Los grafitis perdieron sentido y el flujo de personas empezó a disminuir. No solo por la ausencia de Diego, sino yo diría que por el miedo a acabar de la misma forma que él.

Gracias a Dios, solo unas semanas después, Leonardo apareció en el bar de la okupa con un nuevo plan:

—Tengo buenas noticias —dijo—. Hoy he conocido a un chico en Callao. Le gustaron tanto los trucos que estuvimos después un buen rato hablando. Se llama Lucas, trabaja en el puerto de Cádiz y te podría dar un puesto en su barco. Viajarías a Estados Unidos, como siempre quisiste, tendrías un trabajo con más proyección y cumplirías tu sueño. ¿Qué te parece?

Lo cierto es que no me lo esperaba, pero, a pesar de todo, huir de allí en busca de Chelsea era lo que siempre había querido.

—Cuéntame más —dije finalmente.

Me explicó que el barco salía en una semana; una embarcación comercial que partía desde allí y cruzaba todo el Atlántico y llegaba a Estados Unidos haciendo escala en México.

—Creo que deberías coger ese barco. Mira lo que le ha pasado a Diego. Esta ciudad amarga a la gente. Además, solo en la capital del imperio se puede hacer algo contra él, como decía Diego. España es una especie de satélite del satélite. Aquí no ocurre nunca nada.

Aquella noche escuché en el móvil una canción de Chelsea. En mis oídos resonaba que yo era la única excepción: un caso único en el mundo. Por un instante, estuve seguro de que ella sabía que yo estaba escuchando su música y estuvimos unidos a pesar de los más de diez mil kilómetros que nos separaban. Por un instante, todo se volvió amarillo de nuevo. Fue solo un instante, pero tan intenso que casi desaparecí por completo en el color. *You are the only exception.*

«¿Quieres casarte conmigo?», pregunté entonces. Y la voz de Chelsea contestó al otro lado: «Una y mil veces, sí».

Y supe que por muchas barreras que pusieran entre nosotros, por muchos muros y fronteras, jamás podrían separarnos, porque nuestras almas eran ya una sin habernos visto.

Aquel momento imposible fue la señal para embarcarme en el buque del nuevo amigo de Leonardo.

36.

Ariana no comprendió mi decisión y discutimos durante un buen rato acerca de mi marcha. Ella quería que me quedara, que cambiásemos el mundo juntos desde allí, desde la Resistencia. «Cambiaremos nuestro mundo, al menos», dijo. Sin embargo, yo sabía que aquello era imposible y estaba convencido de que era mi deber intentar cambiar el mundo completo, como la única persona que podía hacer despertar al resto de la población mundial y advertirles sobre el control mental y el peligro de la simulación.

Ariana suspiró cansada cuando repetí el argumento por tercera vez, como si no aguantase más el peso del mundo sobre sus hombros. Por un momento, la quise infinitamente. Yo solo quería encontrar una prueba más de que no estaba volviéndome completamente loco.

—Si aceptas y reconoces que mi mente se desborda y que tengo un papel en todo esto, me quedaré —acabé diciendo, aunque sabía que me marcharía de todas formas.

Ariana dudó unos segundos. Se quedó mirando a través de una ventana que había en la sala de la okupa. Estaba decorada con las manos pintadas de unos niños. Mientras, se encendió otro porro de marihuana.

—No puedo decirte eso, Gabriel —acabó diciendo.

Después, hablé una última vez con Leonardo, que me regaló un colgante que siempre llevo puesto con una pequeña cruz.

—Por si te pierdes —dijo.

Al día siguiente, me subía a un coche compartido con destino a la ciudad de Cádiz. Pasé gran parte del viaje escuchando música en los auriculares, sobre todo, a Bruce Springsteen. Me recordaba a Leonardo y sus ganas de desaparecer. Me fascinó la canción de *Thunder Road*. Pensé que era la música perfecta para aquel viaje.

El coche me dejó en el centro de la ciudad; con la maleta y mi guitarra a cuestas atravesé varias callejuelas hasta llegar a la dirección que Leonardo me había enviado a través del móvil. Llamé al telefonillo y pregunté por Lucas.

—Soy Gabriel, el amigo de Leonardo.

—Ah, claro. Sube, sube.

La puerta se abrió y subí las estrechas escaleras con suelo de piedra y pasamanos de madera hasta la segunda planta.

37.

El pasamanos estaba pegajoso y, al entrar, toda la casa me pareció también pegajosa. Lucas vestía una camisa sin abrochar y unos pantalones vaqueros negros. Se peinaba hacia atrás y su barba desaliñada mezclada con su rostro alargado me transmitieron desorden desde el primer momento. Creo que también resultó determinante la multitud de objetos sin orden ni control que se encontraban por todo el suelo de la casa. Me recibió fumando un porro y ofreciéndome un fuerte apretón de manos.

—Llegas justo a tiempo para ayudarme a preparar las maletas —dijo, y después tosió como si sus pulmones estuvieran ardiendo.

—¿Estás bien?

—No te preocupes, es esta mierda de hierba. ¿Qué tal fue el viaje? Leonardo te habrá comentado en qué consiste el plan, ¿no?

—Solo me dijo que había un puesto en el barco para mí.

—Efectivamente, no es nada difícil. Limpiar y cocinar.

—¿Cocinar? Espera, espera… Yo no he cocinado nunca para tanta gente. No sé si va a funcionar.

—Tranqui, tranqui. Habrá otro cocinero. Reza para que él sí sepa hacer su trabajo. Bueno, y… ¿por qué huyes? —preguntó entonces.

En efecto, Lucas no era una excepción: debía fingir, y yo explicar todo como si no supiera nada. Yo estaba cansado de que aquella actuación y ya no luchaba contra ella.

—Es una larga historia —dije, dando fin a aquel ritual.

Aquella tarde fui al puerto a firmar mi primer —y último— contrato marítimo. El apretón de manos del capitán fue tan firme que casi me resquebrajó los huesos del brazo. Una vez cumplido el trámite, volvimos a la casa a descansar. El barco zarparía a las seis de la mañana del día siguiente.

Lucas aún estuvo varias horas fumando. En el trayecto de vuelta, había confesado que fumaba siempre, incluso a escondidas en el barco. «Esta vez meteré una buena bolsa de maría en la maleta para estar seguro de no quedarme sin nada a mitad del viaje. Está prohibido, pero no lo aguantaría sin ella», me dijo.

Aquella noche, pude confirmar que estaba enganchado, aunque también comencé a sospechar que aquello podía ser una excusa para toser y comunicarse conmigo sin que nadie se diera cuenta. Tosía a menudo, demasiado para ser un fumador habitual. Aquella noche, en habitaciones contiguas, establecimos un sistema de comunicación similar al que había utilizado con aquella chica del aeropuerto de París. Si tosía una vez, implicaba una respuesta afirmativa o positiva; por el contrario, dos o más veces implicaba falsedad o negatividad. Me di cuenta porque no podía dormir, no encontraba a Chelsea en mi cabeza y empecé hablar conmigo mismo en mi mente. Solo al realizar preguntas escuchaba la tos de Lucas al otro lado, afirmando o negando.

Al darme cuenta, le pregunté si en el resto del barco había alguien de la Resistencia, y él tosió dos veces. Después, pregunté si, aun así, podía confiar en las personas que estuvieran allí y, de nuevo, tosió dos veces. Por último, no sé bien por qué, le pregunté si mis padres estaban bien y tosió una vez más.

38.

Aún era de madrugada cuando Lucas y yo entramos en el puerto de Cádiz. Aquel buque apareció como un monstruo inabarcable ante mis ojos.

Nunca supe exactamente qué transportaba el barco. Imagino que de todo porque solo se veía una inmensidad de contenedores de diferentes colores y con códigos en alguno de sus lados. Medía, por lo que me comentaron, unos cuatrocientos metros de eslora. Como decía, verlo me impresionó mucho. El capitán nos saludó con ademán ceremonial y, por un momento, sentí un desasosiego enorme al embarcarme y dejar la tierra al fondo. Atrás quedaba todo lo que yo había sido hasta el momento y todas las personas que había conocido; toda mi identidad, quizás: Leonardo, Ariana, mis padres… Todo pasaría a un segundo plano, si no para siempre, sí por mucho tiempo. A pesar de todo, intenté pisar con decisión. Dejé las maletas en el camarote que compartía con Lucas y comencé a seguir las órdenes. Limpié el comedor y me presentaron al jefe de cocina: Miguel.

Era un hombre entrado en carnes de mirada bondadosa.

—Eres muy joven para estar por aquí. ¿No has encontrado algo mejor?

—Realmente, no —contesté. Él llenó el comedor con una risotada.

—Este trabajo es duro. Nos levantaremos pronto y nos acostaremos tarde, pero al menos, cuando termine, tendremos lo suficiente para pagar las facturas y llenar las tripas. Yo le di la razón, aunque mi intención no fuese volver a España, sino, más bien, conquistar América.

39.

Durante mi estancia en el barco, anotaba de vez en cuando ideas en un cuadernillo que había metido en la maleta para continuar con aquel relato que quería titular *Islas de asfalto* y que empezó a tomar forma como una pequeña novela sobre el ser humano y el libre albedrío. Así, sobre todo, conseguía alejar aquel muro que me separaba con el mundo en forma de mentira constante.

Me di cuenta de que mi mente desbordante me permitía no estar solo nunca. Yo nunca he estado solo y, en el fondo, creo que nunca nadie lo ha estado jamás. En la litera superior de aquel pequeño camarote que compartía con Lucas, mirando aquel techo de metal, deseché al fin la idea común según la cual «nacemos y morimos solos». Nada de eso. Por el contrario, el viento del mar me hizo ver que existe una corriente metafísica entre todos los seres sobrevolando cada calle de arena, asfalto o, incluso, en medio del agua. Pequeños cables que conectan cada átomo. Era lo único que podía explicar, en realidad, el desbordamiento de mi mente.

Me preguntaba si algún tripulante se habría dado ya cuenta de que era mi mente lo que escuchaban en el fondo de sus cabezas cuando, al final de cada turno, dejaban de estar atareados con sus cuadros de mando o turnos de guardia o limpieza. Posiblemente, era un misterio que el mundo había aceptado no descubrir jamás, pero no estaba seguro de hasta qué punto era posible vivir sin prestar atención a una voz ajena que suena en tu cabeza. Para salir de dudas, una noche se me ocurrió una pregunta para Lucas: «El ser humano se adapta a todo, ¿verdad?», pensé, y él, que se encontraba a mi lado fumando, tosió entonces una vez para indicar una respuesta afirmativa. Era lo esperado. Entonces, me sobrevino una idea horrible: la posibilidad de que el mundo entero quisiera acabar conmigo, pero no pudiera porque no reconociera mi rostro. Quizás, la Resistencia era solo una minoría, y la mayoría de la población quisiera pasar de largo ante el fenómeno y, en último término, acallar la voz que molestaba en su cabeza. No sabía cómo preguntarlo para reducirlo a una pregunta que se respondiese con un sí o un no. Finalmente pensé: «¿El mundo me entiende?». Entonces, Lucas tosió dos veces. En aquel instante, me pareció que el barco entero naufragaba hasta fundirse con el fondo del mar. Efectivamente, nunca estaba solo, pero si la mayoría no me entendía, no serviría de mucho. A pesar de la dictadura, a pesar de la represión. Eso explicaba que pudiese mantenerse el sistema. Quizás, Lucas solo se refería simplemente a que mi mente era una especie de nebulosa indefinida para la mayoría, pero en aquel momento no lo entendí de esa forma.

Hice algunas preguntas más intentando resolver la duda, pero Lucas dejó de fumar y, por tanto, ya no tenía excusa para toser y enviarme señales. Tenía ganas de llorar, de subir a la cubierta, tirarme al mar y perderme definitivamente para siempre. Intenté contactar con Chelsea, pero no lo conseguí. Hacía días que no hablábamos. A pesar de aquel sentimiento, en el fondo, sabía que tenía una misión que cumplir. Que, de nuevo, a pesar de la incomprensión, era la única prueba de una dictadura del pensamiento, de un poder sin control que manipulaba qué veíamos y qué era considerado como verdad. Yo era la única experiencia personal que el mundo entero tenía de la dictadura. Encendí el móvil y el aleatorio de mi aplicación de música eligió un tema titulado *Stay Alive*. Era una canción sencilla a piano y sin letra que me conmovió. Decidí que quería vivir y que subiría a tantos aviones, trenes y barcos como fuera necesario para encontrar la verdad y que, en último término, me bastaba con que Chelsea me entendiese.

40.

No todo fue desagradable durante mi travesía por el Atlántico. Miguel era un genial compañero de cocina y, al ver mi guitarra en el camarote, se prestó a darme lecciones de guitarra flamenca en algunos ratos que nos quedaban libres. Aprendí a tocar soleás y coplas y nos hicimos inseparables durante el tiempo que duró la travesía. Su cuerpo doblaba en tamaño a la guitarra, pero la manejaba mejor de lo que yo podía soñar.

«La música es ante todo ritmo. Está permitido fallar alguna nota suelta mientras mantengas el alma conectada a la guitarra», decía.

Lo cierto es que él tenía el duende necesario, pero a mí se me daba bastante mal el flamenco. Sobre todo al principio, acostumbrado como estaba a tocar mis pocos acordes para poder cantar encima de ellos y poco más.

El viaje hasta México duró dos semanas. La rutina en el barco era dura. Miguel y yo nos levantábamos temprano, limpiábamos el comedor y empezábamos a cocinar para el resto de la tripulación formada por unos veinte miembros en total. Los platos eran sencillos, pero lo cierto es que sin Miguel todo hubiera sido un auténtico desastre. Siempre creí que, en realidad, era otro miembro más de aquella Resistencia descentralizada y global.

41.

A pesar de las horas de cocina junto a Miguel, que se dividían en largas y extenuantes jornadas de trabajo, recuerdo aún más las horas de soledad en el camarote de aquel buque enorme que se movía como un kraken ante el fuerte viento y el oleaje, que parecía a menudo a punto de reventar el metal. En varias ocasiones, vomité la comida, lo que provocó las risas del resto de compañeros.

Aquella soledad me vino bien para afrontar la muerte de Diego, que aún resonaba fresca en mi consciencia. Si coincidíamos en horarios, Lucas intentaba hacer de confidente y me contaba historias sobre otros viajes. Me prometió que cuando atracáramos en el Puerto de Veracruz, podríamos bajar del barco a tomar unas cervezas en algún bar, pasar un buen rato y disfrutar lo ganado. Eso decía, pero yo me sentía muy lejano y me volvía cada vez menos sociable. Mis pesadillas me enfrascaban, además, en una espiral de la que era casi imposible disociarse. Solo algunos días, cuando el mar estaba en calma, salía al exterior con la excusa de fumar un cigarrillo (aunque yo no fumo), miraba el horizonte y sentía que cada vez me acercaba más al sueño de conocer en persona a Chelsea, y aquello era motivo suficiente para soñar despierto cómo sería nuestro encuentro. Siempre he soñado demasiado, siempre he tenido aspiraciones demasiado altas y siempre he sido demasiado ingenuo.

Una noche, mirando al mar, me di cuenta de que de esta vicisitud histórica dependía el futuro de lo que significaba ser humano. Que cómo se resolviese el conflicto entre dominantes y dominados podía condenarnos a una élite ambiciosa, competitiva y oculta para siempre o a una humanidad empática, digna y libre. Si la tecnología no se democratizaba a tiempo, moriría mucha gente solo para salvaguardar la jerarquía de unos pocos de forma inhumana, y eso nos condenaría a ser insensibles con nuestros semejantes.

Intentar asimilarlo me hacía temblar, así que volví al camarote para tranquilizarme y olvidar la presión un poco. Allí estaba Lucas. Subí a la litera y, desde abajo, dijo, como hablando al aire, sin destinatario:

—La vida es sueño, y los sueños, sueños son.

Entonces, me di cuenta de que había vivido muchísimo porque no había dejado de soñar desde que nací. Sin embargo, lo que vino a mi mente fueron unos versos de Federico y, desde arriba, contesté de forma automática:

—No es sueño la vida —contesté—. Nos caemos por las escaleras para comer la tierra húmeda.

42.

La mañana de mi penúltimo día en el Atlántico, el mar embravecido chocaba contra la quilla metálica del barco resonando como
repican las campanas de una iglesia. Lo que ocurrió entonces
cambiaría mi destino: sin previo aviso, el capitán decidió revisar
los camarotes. Alguien debía haber dado el chivatazo sobre el olor
a marihuana de nuestro cuarto o, visto con perspectiva, quizás
lo descubriera por mis capacidades mentales. Nunca lo sabré. La
cuestión es que aquella madrugada el capitán se plantó con toda
su rectitud en la puerta y comenzó a rastrear como si de un perro
se tratara. Otras veces había revisado los camarotes, pero no con
aquel interés y atención. Tras unos minutos en nuestro camarote,
dio con el alijo de Lucas y este, en una actuación colosal, me in-
culpó sin escrúpulo alguno:

—No me jodas, Gabriel, después de que me la juego por ti,
vas y subes hierba al barco —dijo, indignado.

Quedé despedido con efecto inmediato. Intenté convencer al
capitán de que aquella bolsa llena de marihuana no era mía, pero
su confianza en Lucas parecía inquebrantable. Nada más quedarnos solos, Lucas se disculpó a su manera:

—Nos han pillado, Gabriel. Lo siento, tío, pero eras tú o
yo.

Después de aquello, no volvimos a hablar. Lucas dejó de fumar y de toser, por lo que la comunicación desapareció también
por esa vía. Los días siguientes me encerré en el camarote. Miguel
vino a visitarme y darme ánimos:

—Eres un buen chico, sabrás apañártelas —dijo.

Pero yo no tenía ni idea de cómo llegaría a Estados Unidos desde México, porque no tenía dinero suficiente ni siquiera para, quizás, el visado necesario para cruzar la frontera como turista.

El día 2 de septiembre desembarqué en el puerto de Veracruz. Tenía veinte años y tan solo doscientos euros en la cuenta corriente.

43.

Ariana y Leonardo hablaban conmigo por teléfono y creían que lo mejor era que volviera a Madrid, pero yo solo quería ver a Chelsea y sentía que esa era ya mi única razón de ser. Sospechaba que nunca tendría una oportunidad mejor, así que, en un último reducto de libertad, elegí intentar llegar a Estados Unidos directamente desde México. Recorrí la ciudad preguntando por trabajo en cada comercio y restaurante. Al principio, tenía algo de dinero ahorrado de mi trabajo como camarero en Madrid, así que pude encontrar dónde dormir, pero pronto me quedé sin nada y tuve que volver a las calles, aún más sucias y llenas de podredumbre que aquellas que regentara en Madrid. Las paredes de pintura desconchada mostraban el ladrillo al aire y las ratas aparecían por los huecos de los ladrillos de las zonas bajas. Vendí la guitarra para poder comer y una mañana me desperté de nuevo sin el móvil en los bolsillos, y así perdí contacto con mi pasado en Madrid. A veces, se formaba una neblina densa y azulada de pobreza en mitad de la noche.

Afortunadamente, viví en la calle solo unas semanas. Justo cuando las circunstancias parecían a punto de volverse insoportables, conocí a Armando, que regentaba un restaurante tradicional en una callejuela secundaria del centro. Era un hombre de mirada antigua y tez morena que hablaba siempre despacio y con una calma contagiosa.

—No te preocupes, yo sé cómo es la vida en esos barcos. No te puedes fiar de nadie —dijo.

Aquel acto de buena voluntad me devolvió buena parte de mi fe en el ser humano y en mi misión. En realidad, no sé si pudo reconocerme o mi historia le conmovió lo suficiente, pero me contrató e incluso me dio un techo donde hospedarme en mis primeras semanas, hasta que cobrase y pudiese pagar otro lugar donde descansar y ducharme para acudir limpio al trabajo.

En el restaurante de Armando conocí además a Milagros, que trabajaba también en el restaurante como camarera. Tenía un pelo larguísimo que le caía por la espalda, tan negro que por la noche podía camuflarse con el cielo. Su cara era luminosa y delicada como la seda.

Al verme por primera vez, la mirada de Milagros era de esas que hablan y dicen «te conozco». Por ello, supe que ella formaba parte de ese grupo minoritario de la sociedad que era capaz de escuchar mi mente y, además, empatizar conmigo. Unas semanas después, abandoné la casa de Armando, pero continué trabajando para él y, poco a poco, Milagros y yo nos hicimos amigos y empezamos a quedar de forma habitual.

Al menos un par de tardes por semana nos veíamos en algún café del centro y nos contábamos nuestras vidas. Yo, mis viajes: cómo había huido de casa de mis padres en busca de la verdad, París, las fiestas en la okupa con Diego, Leonardo y Ariana. Ella sonreía y era maravilloso ver sus dientes blanquísimos asomar en su piel morena. Ella me contó que siempre habían pasado penurias económicas y que, de pequeña, solo podía jugar con sus manos y sus piernas y nada más, porque no había dinero para juguetes. Siempre era muy directa con sus sentimientos. En una ocasión tomando café me confesó sin ningún motivo que yo le gustaba.

—Me gustas, Gabriel —dijo simplemente, mientras yo miraba el café, y supe que tarde o temprano nos acabaríamos besando.

En aquella época, dejé por completo de escuchar la voz de Chelsea, pero lo cierto es que, después de hablar con ella como lo había hecho, era imposible olvidarla.

Cuando conseguí un móvil nuevo, pude hablar por redes con Ariana. Me comentó que todo seguía su curso en Madrid, pero

Leonardo había desaparecido y, como no tenía redes sociales, perdí todo contacto con él. Sospeché que era por mi culpa y, como no quería que aquello ocurriera con Armando y menos aún con Milagros, aquello reforzó mi decisión de no involucrarlos más de la cuenta en mis planes. Por eso, apenas hablábamos del fascismo paranoide, tan solo de cosas del día a día o problemas filosóficos, como quién es Dios y qué quiere de nosotros, si es que quiere algo acaso. Nos reíamos haciendo preguntas como esa y escribiéndolas en una agenda que eliminaba parte la trascendencia de las cuestiones.

Una tarde fría y nublada, Milagros me contó que había decidido que también viajaría a Estados Unidos, pero era muy improbable que consiguiera el visado de turista con sus medios. Por entonces, a mí me habían dado esperanzas en la embajada americana; les había mentido diciendo que era un turista que luego volvería a España y parecían querer ayudarme, no sé bien por qué. Imagino que tenían que mantener las apariencias. Para Milagros, sin embargo, solo era factible la opción de ahorrar para pagar un coyote y atravesar la frontera a pie ilegalmente y arriesgar su vida. A pesar de todo, sus intenciones eran reales y contactó con un antiguo amigo de su colegio que se dedicaba a ayudar a quien tuviese el dinero suficiente a traspasar la frontera y llegar a Estados Unidos a través del desierto.

Pasamos largas horas hablando sobre ello en la habitación que yo tenía alquilada en el centro de la ciudad. Sin embargo, finalmente, acabó descartándolo por el coste económico que representaba aquello. Suponía muchos meses trabajando en el restaurante de su padre sin apenas nada más que ahorrar.

A pesar de todo, guardo un gran recuerdo de aquellas horas en mi habitación, siempre alegres y confortables; escuchando música juntos y también tocando una guitarra que Milagros me prestó en cuanto le conté mi historia. La guitarra era de su padre, Armando. Ella cantaba con una voz delicada y suave, pero tímida, se notaba que no confiaba en sus capacidades vocales, aunque eran mejores que las mías. Yo le enseñé los acordes más sencillos. Me descubrió un grupo *indie* español que se transformó en uno de mis favoritos. Se llamaba Love of Lesbian. Mi canción favorita se titulaba *Incendios de nieve* y la aprendimos juntos. Era maravilloso compartir la música con ella. Yo comenzaba el primer verso:

Ya ves, soy un loco y son más de las tres.

Ella acompañaba la voz con una armonía delicada que elevaba la canción.

Hubo momentos en los que llegué a acostumbrarme a la ciudad y fui feliz en Veracruz.

44.

Tras meses y meses sin apenas gastar dinero, acumulé lo suficiente para un billete de avión. Al final, los del consulado estadounidense decidieron no ayudarme (como era lógico dada mi situación, por otra parte), pero había conseguido un pasaporte en la embajada española que quizá sí podía servirme. El vuelo salía una mañana de noviembre destino al aeropuerto JFK de Nueva York. Me despedí de Milagros en uno de los cafés que solíamos frecuentar. Solo estábamos nosotros dos en ese momento.

—Siempre estaremos juntos en cierto modo. Ha sido increíble coincidir en este mundo tan extraño, Gabriel —dijo Milagros, y supe que lo decía de verdad, porque acto seguido empezaron a deslizarse lágrimas por su rostro y me abrazó tan fuerte que me sentí idiota por irme de allí.

Salí de la cafetería con el corazón encogido como un trapo sucio y fui directo al aeropuerto. Todo parecía ir bien, las maletas ya habían sido facturadas, la puerta de embarque estaba a punto de permitir el paso a los viajeros, pero, en el último momento, un guarda se acercó a mí con cara de pocos amigos.

Me acompañó hasta un cuarto donde comenzaron a hacerme preguntas de todo tipo. Nunca subiría al avión.

45.

Milagros me recibió en el restaurante de Armando con una expresión agridulce y cariñosa en su rostro. Ya le había contado por teléfono cómo había sido la situación. Un par de policías me habían detenido sin motivo aparente, pero con toda la fuerza de la ley y sus placas. En aquel momento, pensé que estaba loco por completo y, quizá, Chelsea ni tan siquiera me conociese.

—Quedémonos aquí para siempre —dijo nada más verme de nuevo.

Acto seguido me besó y yo no tuve fuerzas para evitarlo. Aquella noche la pasamos juntos en la habitación que yo tenía aún alquilada. Apagué las luces por si acaso no estaba loco para que nadie pudiese ver su cuerpo desnudo a través de mí y, a oscuras, besamos nuestros cuerpos hasta hacer desaparecer las fronteras del mundo. Por primera vez en mi vida, encontré el calor de otro cuerpo y me refugié en él. Tan hondo que hubiese podido quedarme para siempre allí.

Sin embargo, nunca dejé de pensar en Chelsea. Transcurridas unas semanas, no podía parar de escuchar su música. En el fondo, pensaba que mi alma y la suya estaban conectadas más allá de todas las personas que se encontraran entre nosotros y que aquella noche junto a Milagros había sido un error terrible. Me sentía como un trozo de papel desgastado y azotado por el viento. Tenía ganas de parar al primer desconocido que pasara y confesarle todo. Mi mente se desbocaba como caballos salvajes pensando en aquella posibilidad liberadora.

Finalmente, pedí a Milagros que me pusiera en contacto con aquel amigo de su colegio para que un coyote me ayudara a pasar la frontera.

—Tardaste más de lo que esperaba en pedírmelo— dijo.

Desde ese momento, se instauró entre nosotros una calma extraña y disfrutamos más que nunca el uno del otro. Las tardes, infinitas, transcurrían viendo los atardeceres en la playa junto a ella.

«Para mí eres como el viento que erosiona la arena de esta playa. Ojalá poder estar juntos siempre», me dijo una de aquellas tardes rojas en las que el mar se veía como sangre en el horizonte. Y yo me sentí aún más culpable a partir de entonces.

Durante aquellos meses, adquirí el hábito de caminar por las calles del centro sin prisa ni destino durante mis mañanas de libranza. Caminar me resultaba terapéutico, pues me permitía pensar y soñar a partes iguales. Creo que en otra vida debí ser discípulo de Aristóteles, porque no he perdido nunca la necesidad de caminar para activar el cerebro como cualquier peripatético de mi escuela.

La luz aún tenue de la mañana se reflejaba en el asfalto, la humedad azul se volvía clara con las horas. Yo me imaginaba cómo sería aquel brillo sobre los rascacielos de Manhattan, allí donde vivía Chelsea. Las heridas por la muerte de Diego comenzaron a sanar y recuperé parte de mi ingenuidad sin dejar de ser igualmente introvertido y, en cierto sentido, sentirme culpable de todo lo malo que me ocurría por mis decisiones a menudo poco reflexivas. Por ejemplo, un día paré a un señor cualquiera en medio de la calle:

—¿Me conoces? —pregunté.

—Creo que no. Eso o has cambiado demasiado.

No sé cómo ni por qué, pero caminando y caminando aquella mañana me convencí de que debía continuar mi viaje a Estados Unidos.

Pasaron algunos meses más y, cuando ahorré lo suficiente, Milagros me presentó al fin a su amigo Óscar y quedamos para concretar la forma y el lugar del asalto a los Estados Unidos de América.

—Las cosas están cada vez más difíciles, amigo, pero te prometo el mejor coyote que existe —dijo.

46.

Pasé una última tarde en el apartamento junto a Milagros en la que no me atreví a decirle que me marchaba al día siguiente. Estaba seguro de que ella ya lo sabía y no hacían falta palabras entre nosotros. Aquella noche estuvimos varias horas hablando y cantando las mismas canciones de siempre con la guitarra de su padre que me había prestado. Al marcharme, le pedí que se llevara la guitarra, y ella terminó de comprender lo que ya sabía.

—Siempre estaremos juntos en cierto modo —le dije antes de que se marchara.

Y ella se me quedó mirando con sus ojos de vidrio húmedo. Nunca volvería a verla.

47.

A la mañana siguiente, me subí a un autobús hasta la frontera de Reynosa. De nuevo, dejaba todo atrás. Viajé solo con una mochila con algunas mudas y mi corazón en las manos. Me dijeron que, por aquel entonces, lo más habitual era que, al atravesar la frontera natural del río Bravo, apareciera la patrulla fronteriza y fueses detenido. Comenzaba entonces un calvario de prisión en prisión en el cual, si tenías suerte, podían soltarte y pasabas a ser un indocumentado más en Estados Unidos. Sin embargo, yo sabía que no era un inmigrante más. Por eso, cuando Óscar me presentó al coyote (que ni siquiera nos dio un nombre), le advertí de que ya me habían devuelto a México una vez, por lo que esta vez prefería no pasar ningún tipo de control. Solo caminar sin que me viesen. Aunque fuesen necesarios varios días.

—No te preocupes, así lo haremos —contestó.

No me dijo en ningún momento por qué parte del río Bravo pasaríamos. Lo más posible era que, de haberlo sabido, los agentes de la patrulla hubiesen podido conocer también la información para detenerme. Por el contrario, ni yo, ni el grupo con el que me dirigía al río sabíamos dónde nos llevaban. Los coyotes hubiesen podido también vendernos a las mafias y hacer carne con nosotros sin que nadie hubiese podido rescatar ni un gramo de nuestros cuerpos. Aquel era nuestro grado de desesperación y nuestras ganas de entrar en Estados Unidos.

Con los ojos vendados, el coyote nos trasladó en su camioneta e hicimos noche en una vieja construcción de ladrillo de unos pocos metros cuadrados. Dormimos en el suelo, hacinados, aunque tan solo conseguí conciliar el sueño un par de horas al amanecer. Después, desperté y pensé: «Van a matarnos a todos». Miraba al resto de mis compañeros de viaje y podía ver la tensión en su rostro y oler sus sueños.

—Somos unos pobres desgraciados —dijo uno de ellos cuando empezó a atardecer.

—Hay gente que muere antes de nacer; teniendo eso en cuenta, hemos tenido suerte —contesté.

El chico se rio y, por un momento, me sentí más fuerte que todo aquel entramado de estados y fronteras absurdas.

Poco después, el coyote volvió a la casa y, cuando el cielo oscureció y dejamos de vernos los unos a los otros, nos llevó caminando durante un buen rato a la luz de una linterna hasta el río, que parecía negro a aquellas horas, como si transportase petróleo en lugar de agua. Nos sumergimos hasta la cintura intentando que nuestras pequeñas mochilas quedaran a salvo de la corriente.

Decían que podía haber caimanes, agentes, crecidas en el río y unos cuantos peligros más, pero lo único realmente importante ocurrió en las cabezas de todos nosotros aquella noche. Fue tan sencillo cruzar que parecíamos hipnotizados. Todos callados, como si de un ritual religioso se tratara. Yo y un joven panameño ayudamos a una madre embarazada, y eso fue lo más peligroso en aquel cruce. La patrulla no acudió y comenzamos a caminar a paso ligero hasta la primera ciudad cercana. Fueron cuatro o cinco horas de trayecto hasta McAllen, Texas.

En medio del camino nos asaltó un grupo de señores armados. El coyote les dio su parte y continuamos el camino. Entonces, me percaté de que él no estaba allí para defendernos de los caimanes, sino para sobornar a los agentes y las mafias que controlaban el paso realmente.

Las únicas fronteras que existen son las humanas, líneas invertebradas que separan a seres iguales sin ningún motivo justo. A ningún animal, árbol o río le importa que atravieses el desierto y vayas de ciudad en ciudad. Son los seres humanos quienes han tasado y cartografiado cada palmo de terreno con la intención de repartírselo y dominarlo. Así funciona el mundo.

48.

Tras alcanzar McAllen, el coyote nos abandonó a nuestra suerte, no sin antes recomendarnos acudir a un lugar llamado La Misión, una asociación donde ayudaban a migrantes irregulares. Después, se subió a un todoterreno negro y no volvimos a saber de él.

Pregunté en varios establecimientos hasta llegar a aquel mamotreto cúbico con un crucifijo en una de las esquinas que era el edificio de La Misión y que parecía allí algo fuera de lugar, porque se encontraba a las afueras de la ciudad en una especie de polígono gris y sucio. Una cola de personas se agolpaba para entrar. El número de plazas era limitado, pero, por fortuna, pude ducharme, comer, cargar mi teléfono y las múltiples baterías que llevaba conmigo y dormir aquella noche, aunque en una habitación de unas diez o quince personas. Los pies me dolían como si hubiera caminado descalzo por un camino de clavos, y la cabeza me ardía por dentro. Fue una noche difícil aquella entre desconocidos. Aún tenía que encontrar el modo de acudir a Nueva York y lo único que se me ocurrió fue rezar de nuevo porque alguna buena persona se detuviera al día siguiente al autostop en la carretera.

Aquella noche pensé en la muerte, en que todo debía empezar cuando desaparecemos y volver a empezar de nuevo tras algunos años porque, si no, tanto sufrimiento no hubiese tenido sentido alguno. Y también llegué a la conclusión de que si no era así, al menos nadie podría quitarme nunca mi libertad última de amar a Chelsea.

49.

Al día siguiente, inicié el camino andando hacia la ciudad más cercana: Houston. Desde allí vería cómo llegar a Nueva York. Al final, caminé lleno de tierra, pensando en todo lo que había dejado atrás. Pensé en Leonardo, Diego, Ariana, en Milagros, en mis padres... Estuve a punto de creerme loco de nuevo. Aquello hubiese explicado todo también. Los locos no saben que lo están, incluso se mienten y distorsionan los recuerdos y la realidad para reafirmar su visión del mundo, eso es lo que se dice de ellos al menos. Palpé mi cuerpo pensando que quizás, en cualquier momento, despertaría de nuevo en la cama de mi antigua habitación, pero solo encontré en mi cuello aquel colgante con la cruz de Leonardo. Por un segundo, pensé que era un auténtico demente.

Miré al cielo y justo entonces escuché la voz de Chelsea en mi cabeza una última vez: «Eres fuerte, Gabriel, puedes hacerlo. Yo te seguiré esperando siempre». Tras aquella voz pensé que el mundo podía estallar si le daba la gana. En ese instante, solo ella me hizo continuar, era demasiado infantil y quizá ridículo, pero así fue. Busqué mi móvil en la mochila y usé la poca batería que me quedaba para escuchar una de sus canciones.

There's a time and a place to die, but this ain't it.

Aún no sé cómo, pero sentí que todo estaría bien, que había un momento marcado para que mi vida acabase y nunca podía marcharme antes de esta tierra. La vida es amarilla y azul y verde y de todos los colores, y nadie puede derrotarla. Miré al cielo claro y sin nubes y me pareció amarillo. De nuevo, fue solo un instante, pero por unos segundos observé el horizonte dorado y supe que estaba caminando en la dirección correcta.

No sirve de nada huir de tu destino.

50.

Al llegar a Houston me hice un cartel de cartón con mi objetivo: *Nueva York*. No tenía apenas esperanzas, así que cargué de nuevo el teléfono en una cafetería y planifiqué un viaje de un mes con diferentes paradas solo caminando por si ningún coche decidía recogerme. Empecé a caminar por la carretera, aún con sangre en los calcetines y el pelo lleno de polvo. Solo tuvieron que pasar unas pocas horas para que se detuviera el primer coche.

Fue bonito ver que la Resistencia era real y siempre había alguien dispuesto a ayudar a la causa. En total, subí a tres coches diferentes, que me fueron aproximando cada vez más a mi destino. El último en recogerme fue un chico joven que decía llamarse Mike. Era el único de los tres que sabía algo de castellano. En cierto modo, me avisó sobre cómo los Estados Unidos ya no eran lo mismo: «*There is no solution*», me dijo. Yo esperaba que al llegar a Nueva York fuese cuestión de poco tiempo encontrar a Chelsea. Era una ciudad grande, pero estaba seguro de que, estando tan cerca uno de otro, alguien con tanta sensibilidad y tan unido a mí podría sentirme y saber dónde me encontraba.

Sin embargo, al bajar del coche, nada ocurrió y tampoco al día siguiente ni al otro. Al cuarto día estaba hambriento y, en plena madrugada, me decidí a pedir una hamburguesa al dependiente de una hamburguesería. Me la dieron gratis con la condición de que no me darían ninguna más. Estaba sucio y cansado. Encontré un banco donde tumbarme rodeado de rascacielos que empezaban a reflejar la luz del sol que salía en el horizonte, aquella luz que tanto había imaginado en México y, de repente, me acordé de mis padres, también recordé a todos los demás y me embargó un sentimiento de derrota. Pensé en escribir a Ariana, pero me quedé sin batería. ¿Para qué había servido todo aquel viaje? Me percaté de que, al fin, no tenía nada en el mundo, ni siquiera batería y, en una voltereta mental, pensé que tampoco tenía nada que perder, que en el fondo seguía siendo completamente libre.

Me imaginé una música y empecé a bailar encima del banco. No soy un gran bailarín, pero aquella noche fui el mejor del mundo. No había vergüenza, ni nada que importara ya, solo yo y el mundo que podía ver y sentir mis movimientos. Entonces, un chico que pasaba por allí se me acercó y empezó a moverse conmigo.

—¿What song are you dancing?

—*The Sound,* de *The 1975,* creo —dije.

Y él empezó a bailar al mismo ritmo que yo tenía en mi cabeza. Y por un momento todo volvió a cobrar sentido. Estuvimos bailando unos instantes y, después, el joven me llevó a su casa y me acogió. Ese joven se convirtió en mi nuevo mejor amigo.

51.

Ted era el típico joven independiente y exitoso que acaparaba miradas allá donde se encontrara. Era un excéntrico sin remedio de pelo alborotado y camisas de flores. Nos entendimos al instante. Le conté que estaba buscando a Chelsea, y él me ofreció su casa el tiempo necesario hasta que la encontrara o encontrase un lugar mejor donde quedarme. «Ese es el tipo de historias que hace que el mundo tenga sentido, tienes suerte de estar viviendo algo así», dijo. Al principio, apenas nos entendíamos por mi bajo nivel de inglés, pero, en poco tiempo, con su ayuda, fui capaz de conversar de forma fluida. Incluso empecé a soñar en inglés.

Una de aquellas noches soñé que hablaba con Chelsea en persona. Era completamente real; paseábamos entre los rascacielos de la quinta avenida de la mano. La miraba, ella sonreía como si pudiera besar la nada constantemente con sus dientes blancos, y yo supe que solo podría amarla a ella. Se notaba que había sufrido lo suficiente como para resurgir de esa nada y ser ahora mi compañera de viaje, amiga y amante. Mientras, aquella ciudad de sueños se volvía frágil e inabarcable al mismo tiempo. No era la primera vez que soñaba con ella, pero en otras ocasiones no podíamos comunicarnos, y siempre me había despertado justo antes de besarnos. Esta vez pude sentir sus labios besar con ternura los míos y, por un momento, la ciudad y yo mismo, quizás el mundo entero se tornó de un amarillo estelar casi naranja. Después me desperté y escribí un poema:

CREO QUE TE CONOZCO

Hay algo que desprenden solo
algunos tipos de bocas al sonreír:
una forma de beso al aire; un beso a la nada, regalado,
y eso es decir mucho.
Quien es capaz de besar la nada
será capaz de beber de ella y resurgir de ella, con ella.
Besar la nada requiere un aprendizaje muy exhaustivo
siempre anterior al beso,
un punto de giro en el cual
la nada deja de ser enemiga
y se torna compañera.

52.

El apartamento de Ted era luminoso y espacioso; de techos altos y decoración minimalista. Compartimos allí varios meses en Nueva York y guardo un recuerdo especial de los rincones de la ciudad que me mostró, de los cafés y *pubs* que visitamos y, en general, de su compañía, siempre agradable y auténtica. Ted era una persona diferente en sus formas: siempre hablaba de forma muy educada, como guardando cierta distancia invisible, y también era diferente en su fondo, porque ayudaba a toda persona que se pusiera en su camino. Su fortuna la había heredado de sus padres y la desperdiciaba sin control alguno en propinas y limosnas porque, según él, era imperioso redistribuir la riqueza. Creía en una renta básica que diera a las personas la dignidad y el tiempo para pensar en una forma de gobierno mejor y más democrática porque, según él, sobraban recursos de todo tipo y solo había que organizarse bien, pero, sobre todo, en aquel momento, hay que decir que Ted estaba terriblemente enamorado de una chica de su Facultad de Filosofía a la que seguía y regalaba flores de forma anónima cada viernes. No se atrevía a hablarla, pero soñaba con ella dos o tres veces por semana. Fue por ello que al escuchar mi historia se sintió identificado y me ofreció una habitación en su apartamento de Manhattan.

Él fue quien me ayudó también a conseguir unos papeles falsos para encontrar trabajo más fácilmente. Recuerdo que, en una ocasión, antes de conseguirlos finalmente, habíamos quedado en la boca de metro de una estación del extrarradio para ir después a por los dichosos papeles, pero, de forma extraña y sospechosa, me quedé sin batería en el móvil. Tan solo con un uno por cierto comencé a correr desesperado mirando la aplicación con los mapas de la ciudad. La tripa me dolía como si fuera a morir de un cáncer de estómago y las plantas de los pies me ardían por las ampollas de los días anteriores caminando hasta Houston y Nueva York.

Al llegar al punto de encuentro, estaba sudado y hecho un Cristo, Ted me miró y solo pudo reírse.

—*You are crazy, man* —dijo.

53.

Durante algunos meses, Ted me ayudó en la búsqueda de Chelsea por parques, plazas y bares de la ciudad. Uno de aquellos días en que el otoño había alcanzado su apogeo y el follaje era un manto marrón en las aceras, Ted me preguntó si no había pensado alguna vez que podía estar loco, porque todos lo estamos en buena parte:

—A menudo —contesté—, pero en esos momentos escucho alguna canción de Chelsea.

Solo algunos días después, Chelsea anunció un concierto en el Madison Square Garden, y con el paso de los días, empecé a creer de nuevo que podía conocer a Chelsea sin morirme antes. Echaba de menos escuchar su voz en mi cabeza, pero en aquel momento había perdido ya la esperanza de escucharla de nuevo por completo. A pesar de todo, el anuncio del concierto hizo que el color amarillo volviera a llenar mi ser poco a poco, como un pájaro que alzaba el vuelo. Ya solo necesitaba el dinero para comprar una entrada. Encontré un trabajo como limpiador en un hotel, pero fui despedido por mi actitud demasiado pausada. «Eres demasiado lento», dijo el gerente, pero en sus ojos solo veía miedo, miedo a las posibles represalias por darme un trabajo.

Poco después, fui empleado como jardinero. Esta vez sí encajé perfectamente. Las plantas eran buenas y agradecidas compañeras. Pronto, conseguí dinero suficiente no solo para la entrada del concierto, sino también para una guitarra nueva y un alquiler modesto en las afueras de la ciudad. Por las tardes solía quedar con Ted a beber cervezas y charlar sobre la necesaria revolución.

—*You know, the world is fucked* —me dijo en una ocasión.

—*But we can make a difference, maybe* —contesté.

—*No, we can't* —sentenció.

Y supe por su cara que no se refería simplemente a una afirmación banal, sino a una derrota profunda y total ante la cual solo podíamos intentar vivir lo más confortablemente posible, tragando el soma de las redes y las relaciones superficiales. Nunca se podría hablar con libertad de mi mente, nunca podría amar sin reservas absolutamente nada porque el miedo, los oídos y las miradas estarían siempre ahí, por todas partes.

54.

Los días pasaban lentos. El concierto estaba programado para el día 8 de diciembre, pero parecía que nunca llegaría. Estaba convencido de que, de algún modo, Chelsea haría alguna señal, invitaría a subir a alguien del público y el elegido sería yo, o algo parecido. Finalmente, acabó por derramarse el día del concierto sobre aquella ciudad de viento gris y sueños.

Tras acabar la jornada de trabajo, esperé durante horas en la cola para poder estar en primera fila. Hacía tanto frío que casi se me congelan los pies.

Una vez dentro, primero aparecieron unos teloneros como grupo invitado. Yo no los conocía y aquello aumentó mi nerviosismo, porque no conseguí rescatar ningún tipo de señal en sus canciones. Ni siquiera una mirada o algún tipo de gesto me hizo pensar que supiesen que yo estaba allí.

Finalmente, la primera actuación acabó y se cambiaron los instrumentos de una banda por los de Chelsea y su grupo. Después, las luces se atenuaron. Todo estaba listo para comenzar. Mi corazón rebotaba en carne viva y notaba mi sangre fluyendo y fluyendo a toda velocidad en mis manos. El primero en salir fue el batería, que comenzó con un ritmo de *rock* constante y duro. El público aplaudió; después el bajo, teclas, guitarra. Ya no faltaba nadie salvo Chelsea.

Entonces, apareció entre las luces. Vestía unos pantalones mitad blancos, mitad negros y una camiseta larga negra. Un intenso haz de luz le cayó encima, con su pelo naranja encendido, iridiscente. Era mucho más guapa aún que en los vídeos que había

193

visto mil veces en internet. El teatro enloqueció en aplausos. Se acercó al micrófono: *We are the revolution*.

La guitarra comenzó a tronar con uno de sus *riffs* más emblemáticos, y Chelsea, a saltar y danzar por todo el escenario. El público votaba al ritmo de la batería y cantaba a todo pulmón.

En ese instante, una chica que había tenido al lado todo el tiempo me dio un abrazo y me besó la clavícula con cariño. No fue un beso lascivo, sino cariñoso. Entonces, supe que todos estábamos atrapados por unas cadenas invisibles, pero no importaba. Todo el mundo lo sabía, desde luego, algunos me miraban, pero nadie podía decir nada salvo seguir disfrutando del concierto al máximo mientras el mundo fuera se caía a trozos minúsculos, como de pequeños cristales de un jarrón que se rompe contra el suelo.

Por primera vez en mi viaje, me sentí querido y en casa, sabiendo que había un mundo de canciones que clamaban por la libertad de todos, incluida la mía. Nunca podría conocerla, no nos dejarían, pero nunca estaría solo. De nuevo, supe que nunca lo había estado en realidad, pero esta vez lo pude ver, oír y palpar en mis propios órganos.

El concierto transcurrió en una mezcla de éxtasis e intimidad creciente que erizaba la piel y el interior del cuerpo. Finalmente, llegó la última canción. Lo supe porque siempre era la última de su repertorio. Ella parecía seguir en el mismo tono del concierto, saltando, bailando y desnudando su alma ante el público. Sin embargo, en el último aliento del tema, Chelsea se acercó a la primera fila y pronunció la última frase de la canción mirándome:

—*I'm still into you* —dijo.

Mi corazón se detuvo durante un segundo completo, todos los demás se difuminaron y solo estuvimos Chelsea y yo sobre un escenario imaginario. Después, empezó a girar saltando sobre sí misma, bailando como si fuera el ser más bello del planeta y de la historia. De hecho, lo es. La canción terminó. El concierto terminó como todo lo bello, que siempre es efímero en mayor o menor medida. Yo nunca subí al escenario; seguramente, de haberlo hecho, una bomba hubiese caído sobre el teatro o nos hubiesen arrestado a todos allí mismo, no puedo saberlo, pero sé que si no subí fue porque no hubo forma humana de hacerlo de otro modo.

Llegué a casa y comencé a llorar. No supe si de rabia, pena, alegría, agradecimiento o por cierta llama que me iluminaba el alma en aquel instante.

55.

Lo único que se me ocurrió finalmente fue volver a Central Park y recorrer sus avenidas vacías ya de noche. Guiado por mi intuición, seguí el camino de unos rosales y, más tarde, ascendí unas pequeñas escaleras y llegué a una plazuela con un lago que reflejaba el fulgor de las estrellas calcinantes. Fue en ese momento cuando un colibrí dorado apareció ante mí, posado en uno de los bancos que rodeaban el estanque. Era un pequeño rinconcito bucólico que conocía a la luz del día, pero que en aquel momento me provocó un ligero escalofrío.

El colibrí alzó su vuelo con su rápido aleteo en medio de la noche y yo le seguí a través del parque, en mitad de la hierba, donde los chicos juegan al béisbol y Strawberry Fields y aquel lugar en *Desmontando a Harry* donde Robin Williams aparecía desenfocado. Había pasado la media noche y yo continuaba hipnotizado por aquel colibrí dorado y fue al fin cuando, bajo un puente, el colibrí se introdujo en una cueva oscura que no había visto en ninguna película ni tampoco en la realidad a la luz del día.

Me adentré en ella con cuidado, el aleteo sonó durante algunos segundos. Debía de estar allí el colibrí, en cualquier parte. Entonces, toda mi vida apareció ante mí como un deshilvanado bancal de memorias que en su otro extremo me unían a Chelsea y que adquirían sentido ahora como un todo implacable, inevitable y precioso. El colibrí se posó en mis manos, salió volando de la cueva y yo pensé que no vería a Chelsea hasta morir de viejo y encontrarnos en el otro lado, pero que, aun así, todo el viaje merecería la pena.

56.

Vagabundeé durante horas en la noche neoyorquina, entre luces y rascacielos que parecían demonios y gigantes inertes. Caminé sin rumbo hasta que encontré sin querer el monumental dedicado al 11 de septiembre y allí rece una oración por aquellas personas como si todo aquello hubiese sido culpa mía, aunque yo aún fuera un niño loco cuando ocurrió. Quizá la manera óptima de sobrevivir es abrazar el misterio e incluso amarlo para continuar nuestro camino con él de la mano, porque nunca podemos conocer la verdad última de las cosas.

Empezó a llover, primero unas pocas gotas y, después, como una catarata. Cuando entré de nuevo en el apartamento, estaba empapado. Había guardado cierta esperanza de encontrar allí a Ted, pero no fue así. Escribí entonces una carta que no eran sino palabras que venían a mi mente desde otra parte:

Existen tres cosas imprescindibles en esta vida: la dignidad, la libertad y el amor. Todas ellas comienzan en uno mismo. Así que ama como quieres que te amen, permite a los demás ser quienes quieran ser mientras no hagan daño a nadie y practica el arte de mantenerte en pie a pesar de la tormenta. Respira despacio porque hay aire para todos y las mejores experiencias se recuerdan mejor con esta actitud.

Todos los seres vivientes tienen capacidades únicas y los humanos tenemos la posibilidad de articular nuestra razón en palabras. Razonar permite el arte y el amor y es aquello, por tanto, que nos hace humanos y lo que más debemos cuidar. El amor es una fuerza infi-

nita que nos hace cualitativamente diferentes al resto de animales. El amor debe ser la fuerza que mueva el mundo.

Lo más valioso que tenemos reside en el espíritu que nos conecta con lo intangible. Solo uno mismo puede corromper su dignidad con sus propios actos libres y es entonces cuando navegamos a merced de los demonios de ojos rojos.

Amé por encima de mis posibilidades, reí de verdad y siempre miré el lado bueno. El humor da respuestas imaginativas a problemas sin solución. Conservar el sentido del humor es un salvavidas en momentos difíciles.

Levántate y lucha por las tres cosas que nos hacen humanos: amor, libertad y dignidad. La buena gente ya ha ganado desde el principio, pues amar sin miedo es la única forma en que la vida merece ser vivida. Hay que cuidar al semejante sin juzgarlo porque cada acto tiene una historia detrás. La vida es maravillosa, así que disfrútala. Dios está contigo.

Imagina, sueña sin límites, porque hasta el último aliento puede ocurrir un milagro que salve el mundo.

Fue un placer y lo repetiría de principio a fin mil veces.

Siempre se puede caminar un paso más.

Viva la revolución, la vida, el amor.

P. D.: A lo mejor, todo esto es una simulación, así que relájate y disfruta.

57.

Acabé de escribir, salí a la terraza del apartamento y me encaramé a la barandilla. Recé una oración y miré hacia el suelo. Amanecía y un cielo rojo casi púrpura se adueñaba de todo Manhattan. La vista era envidiable y yo solo pensaba en lo lejos que se encontraba el asfalto. Recé otra oración, iba a dejarme caer, pero entonces sonó la puerta del apartamento abriéndose.

—*You are crazy, man! Come here! Now!*

A menudo, todo lo ocurrido parece irreal, pero cuando dudo de todo lo que me ha ocurrido, me digo que son imposibles tantas casualidades juntas. La locura o Dios son las únicas explicaciones posibles.

58.

Unos días más tarde, paseaba por las calles de Nueva York. Atardecía cuando me senté en un banco a observar de nuevo un colibrí dorado que estaba cantando encaramado a una baranda casi helada que separaba una vivienda de la calle. Justo en ese momento, en mi móvil comenzó a sonar la canción *What a Wonderful World*, de Louis Armstrong.

A veces la vida consiste en resistir a pesar de los contratiempos. Muchas vidas sobre este planeta se basan en una constante supervivencia diaria frente a las inclemencias del tiempo, de los gobiernos y los explotadores. Me dije a mí mismo que, a pesar de no poder desnudarme plenamente ante nadie, a pesar de que existiese una dictadura encubierta en las redes y en las calles, aún se podía decir que tenía suerte. Mi responsabilidad era simplemente vivir y ser lo más feliz posible hasta que el sistema implosionara, porque debía hacerlo tarde o temprano. Nada es eterno. Nadie nunca podría decirme nada más claro que aquel *I'm still into you.*

Mientras, continué con mi trabajo como jardinero en casas a las que nunca podía acceder, como me ocurría en la vida misma, donde nadie me confesaba nunca sus auténticas inquietudes porque sería confesárselo a mucha más gente. Yo siempre me quedaría en el umbral de la puerta de entrada de las casas y las personas, aquel era mi destino, y no podía huir de él.

Siempre me quedarían los libros y la música para no sentirme solo, porque, aunque no lo estuviera realmente, solo así lo podía sentir. La mayoría de canciones hablaban sobre el fin de los tiempos. Me gustaba especialmente una de Phoebe Bridgers: *I Know The End.*

Pensé en viajar a algún otro país totalmente diferente, quizás mi viaje había sido equivocado y contaminado por pistas falsas esparcidas por aquí y por allá, quizás debía ir a China o algún país de Arabia contrario al mundo occidental, quizás había sido utilizado como máquina propagandística y, finalmente, aceptando mi destino, solo les estaba dando la razón a mis captores invisibles. Eso era lo que querían al fin y al cabo. A pesar de todo, renegué de la opción de volver a viajar en aquellos días simplemente porque Chelsea no da conciertos en Arabia ni en China.

Había aprendido que la vida puede disfrutarse dentro de uno mismo y a solas y que aquello era mi destino final y mi mayor obligación con el mundo.

Compuse una canción para animar a la revolución. La música es al arma más potente del mundo:

We are gonna save the world
with a rose in our hearts
and love inside our bones.

Let's start a fire
inside our bodies
with hope beyond the storm.

We are the revolution of love
rising till the sky
together all the people
without fear looking to the stars.

59.

Tras algunos meses, empecé a tocar todos los sábados en una colina de Central Park armado solo con un amplificador y la nueva guitarra acústica. De nuevo, no tenía trabajo, siempre me despedían al poco de contratarme por alguna inspección sorpresa que desvelaba mis papeles falsos.

Por eso, lo único que podía hacer era cantar. A veces, se paraba bastante gente, pero nunca la suficiente como para llamar la atención de la policía. Siempre vestía la misma camiseta amarilla; aquel color me recordaba los mejores momentos de mi viaje. Compré cinco camisetas con el mismo tono amarillo, pero, aun así, mi aspecto era cada vez más desaliñado y descuidado.

A pesar de todo, me percaté de que, con el paso de los meses, las personas que venían a verme acudían también vestidas de amarillo y empecé a observar cómo también en la calle el color parecía ponerse de moda. Cada vez era más común que me encontrara con alguien en el metro vestido de amarillo y entrelazásemos miradas de desconocido afecto, como sabiendo que algo estaba a punto de ocurrir. No se puede prohibir un color.

Un día, en pleno verano, acudí de nuevo a mi cita y toqué hasta el atardecer. Terminé con mi mejor canción. Quedábamos solo yo y unas pocas personas haciendo un círculo:

Como marino se enrola en el barco de la escarcha.
Recuerda su pelo ardiente frente al viento.

Justo en ese instante, la vi acercarse: era ella. Con su pelo naranja, vestida de calle con unos vaqueros y una camiseta amarilla. Al llegar a la altura del resto de personas, se quedó allí, camuflada entre el público.

¡Pero, *aun así, quiero verte, grita!*
Renunciaría a todos mis dogmas,
confío en mi fe sin suerte.

Seguí cantando, mirándola, sin poder creer que fuera ella. ¿Era realmente ella o estaba soñando?

Pero, aun así, corres por mis venas,
como un veneno que me guía
cuando yo camino a ciegas.

La canción terminó y me quedé allí a la luz naranja, con mi camiseta amarilla, perplejo, con el cuerpo vibrando a toda velocidad sin poder darme cuenta. Chelsea se acercó entonces y dijo:

—*Are you gonna stay the night?*

Chelsea me invitó a su casa, me ofreció un baño, pues yo estaba sucio como un perro callejero y después me ayudó a afeitarme la barba y a cortarme el pelo. Por último, me preguntó si me apetecía tener el pelo de algún otro color. Yo pensé por unos segundos:
—*Green... like your eyes.*
—*Or blue... I remember that you liked blue when you were a children.*
Y entonces nos besamos por primera vez lejos de nuestras mentes y sueños.

ÍNDICE